声なき追跡者

―ハマナスの標《しるべ》―

聖　岳郎

目次

北国からの依頼

関東地方に続き東北地方が梅雨入りした六月中旬、梅雨のない北海道は一年で最も快適な季節を迎えていた。

札幌の繁華街薄野《すすきの》の南に位置する中島公園の脇の歩道を、薄野に向かって中堅製薬会社の万永製薬に勤める土手登志男《どてとしお》は歩いていた。

土手は、札幌駅に続く広い道路を北に向かって歩き、南6西3と書かれた交差点を右に折れた。陽がまだ高い土曜日の夕方、観光客も少なく人通りは多くは無い。

札幌の六月は、札幌よさこいソーラン祭りや北海道神宮の例祭などで、人々の活気は最高潮になり、薄野の街も人で溢れるが、今年も新型感染症拡大の影響で、祭りも例祭も中止になり、日本有数の歓楽街の薄野も、飲食店が店を閉めなければならなくなるほど人出は少なかった。

土手には、心なしか薄野のネオンの数が減ってきているように思えた。

土手は、南6西2の交差点に程近い、飲食店の入るビルの一階に店を構える寿司屋の暖

簾をくぐった。

その店は、「すし万」という屋号で、須川という夫婦が長年競争の激しい薄野で店を続けている寿司屋だった。

カウンターの端に座って、ビールグラスに口をつけた土手に、日頃口数が多くない主人の須川が珍しく「相談がある」と言って話し掛けた。

「実は、空木《うつぎ》さんに調べて貰いたい事があるんですが、土手さんから頼んでもらえませんかね」

すし万の主人が言った空木《うつぎ》というのは、万永製薬の土手の先輩で、今は退職して東京で探偵事務所を開いている男のことだった。土手より五歳年上で名古屋支店在籍時には、何度も二人で山行した間柄だったが、その土手も空木が何故突然会社を辞めたのか、尋ねる機会もなくその理由は知らなかった。

「ご主人も空木さんとは親しいんですから直接電話したら良いじゃないですか。頼み難いような事なんですか」

「まあそう言わずに、土手さんと空木さんは何度も一緒に山に登っている仲だと見込んでのお願いなんです」

主人はそう言って、小振りのたらこのような物を小皿に入れて土手の前に出した。

「これはサービスの時子《ときこ》です」

時子《ときこ》とは、時知らずと呼ばれる鮭の卵のことで、札幌の寿司屋でもこの時子《ときこ》を出す店は滅多になかった。

時子を見た土手はニコッと笑った。

「空木《うつぎ》さんに調べて欲しい事ってどんな事なんですか。まさか東京にいる空木さんに北海道へ来いって言うような話じゃないですよね」

「いえいえ、その逆で東京にいる空木さんだからこそ頼みたい調べ事なんですよ」

主人は、店の常連でもある、土木工事会社の社長から、東京に住んでいると思われる、ある男の所在の確認と、調べて欲しいことがあるが、東京に誰か頼める知り合い、若しくはコネは無いかと聞かれ、空木を思い浮かべたことを話した。

「なるほど。それで何を調べたいんですか。怪しげな話じゃないでしょうね」

「それはあの社長の事ですからそんな事は無いと思いますけどね。信用の置ける人です。聞いた限りでは、社長の会社の社員さんの知り合いが行方不明になっているらしくて、その情報を東京にいるらしいその男性が、知っているかも知れないので調べたいって言って

いましたよ」

　主人は腕を組みながら言った。

「行方不明ですか…」

「ええ、行方不明になって一年以上経つそうです」

「一年以上ですか。警察には届けているんでしょうね。そう言えば今日のニュースで一年以上経った白骨死体がどこかの山で見つかったって言っていましたよね」

「あのニュース私も見ましたよ。土手さんも見たんですか。ヒグマにでも殺《や》られたんですかね。山菜取りやキノコ採りでクマに鉢合わせは北海道では良くあるそうですからね。白骨死体が見つかったのは斜里岳《しゃりだけ》とかって言っていましたね」

「まさか、その行方不明の人じゃないでしょうね」

「土手さん、縁起でもない事を言わないで下さいよ」

「そうですよね、捜している人たちにとっては冗談じゃない話ですもんね。大体の話は分かりましたから、今からでも空木さんに連絡して見ます」

　土手はそう言うと、ビールグラスに入っていたビールを飲み干して外に出た。人通りは多くなかった。

夏至《げし》間近のこの季節の空はまだ明るく、良く晴れた空は青一色だった。

空木健介《うつぎけんすけ》四十四歳、独身。三年前、中堅製薬会社の万永製薬の札幌支店を最後に中途退職。東京国分寺市で、自分の名前の空《スカイ》と木《ツリー》にちなんで命名した「スカイツリー万《よろず》相談探偵事務所」を開設した。

国分寺市光町の国分寺崖線と言われる高台に建つ、六階建てのマンションの四階の自宅を事務所と兼用にして、所長兼事務員兼調査員という一人事務所を始めた。開所三年経過し、仕事は少しずつ増えて来ていたがその内容は、ペットの猫探しやら高齢者の通院の付き添いやら不倫調査などだった。ただ何故か、殺人事件絡みの調査にも関わった。そんな状況にも拘わらず、趣味の山登りと週に何度かのアルコールを楽しみにしていることから、年金生活の両親の脛《すね》を未だに貪《むさぼ》り食っている。

土手とは札幌支店の在籍はすれ違いだったが、名古屋支店在籍時代に後立山《うしろたてやま》連峰や奥秩父《おくちちぶ》の縦走を共にしている山仲間だった。

空木健介は、六、七回のコールの後スマホに出た。

「空木さん、土手です。今話して大丈夫ですか」

土手はスマホを右手に持ち替えて左手首の時計を見た。六時半を回ったところだった。

「大丈夫だ。いつもの寿司屋で飲んでいるところだけどどうした、何か用事か？」

「空木さんに仕事を頼みたいという話なんですが、今事務所の仕事は忙しいんですか」

「お前、その言い方は忙しい筈が無いという言い方だな。図星だろう」

「さすが探偵さんですね。勘が鋭い」

「もうすぐ一仕事片付く筈だから引き受けられると思うが、一体どんな依頼なんだ。まさか北海道に行って仕事しろとでも言うんじゃないだろうな」

「残念ながらそうじゃないんです。東京である人物の所在の確認と、ある調査をして欲しいという依頼なんです」

土手はそう言うとついさっき、すし万の主人から聞いた話を空木に伝えた。

「すし万の大将の頼みなのか。須川さんの頼みなら引き受けるしかないけど、依頼者と直接やり取りしたい。そう伝えてくれ」

店内に戻った土手が主人に空木の返事を伝えると、主人は両手を顔の前に合わせて頭を下げ、礼を言った。

土手からの仕事の依頼の話があってから何の連絡もなく、一週間以上が経過した。

空木がトレーニングジムから戻って、事務所のあるマンションのスカイツリー万《よろず》相談探偵事務所という小さなプラスチックの板が貼られたメールボックスを開くと、一通の封筒が入っているのが見えた。例の依頼に関する手紙だと直感した空木は、スカイツリー万相談探偵事務所御中と表書きされた封筒を裏返して差出人を確認した。

差出人は、札幌市東区の住所の横に、山岡清美《きよみ》と書かれていた。空木《うつぎ》は「……女性だったのか」と呟いた。

自宅兼事務所に戻った空木は、封筒を開けた。

その手紙は、横書きの便箋に、ボールペンで丁寧に書かれていた。見るからに女性が書いたと思われる綺麗な字だった。

調査を引き受けてくれたことへのお礼から始まり、その後に調査の目的と具体的調査内容、そして調査対象者の名前が書かれていた。

それによれば、目的は自分の姉が二年近く前から行方不明になったままだが、その姉が東京にいるかも知れない。その手掛かりになる情報をある男性が知っている可能性がある

ので調べたいが、その男性は今東京にいるらしく、北海道では調べる事が出来ないので空木に頼むことになったという内容だった。

行方不明の姉は、山岡美夏《みなつ》、失踪当時三十六歳独身。薄野でラウンジ「やまおか」を経営していた。

調査対象者は町村康之、「やまおか」の客で、姉の失踪当時は東菱製薬札幌支店支店長と書かれ、最後に依頼者である山岡清美の札幌市東区の住所とともに、スマホとパソコンのメールアドレスが連絡先として書かれていた。

空木は手紙を読み終えて、一抹の不安と小さな疑問を抱いた。不安は、空木が探偵業を始めた三年前、同じように手紙で仕事を依頼され、何の疑問も持たずに請け負ったが、あろうことか殺人事件に巻き込まれてしまったという記憶が蘇ったためだった。

そして小さな疑問は、スマホのメールアドレスは書かれているのに、電話番号が書かれていない事だった。

空木は不安を頭の片隅に押しやり、小さな疑問は調査を引き受けたことの連絡とともに山岡清美宛てにメール送信した。

しばらくして空木のスマホが、メールの着信を知らせた。山岡清美からの返信だった。

それを見た空木は「えっ！」と小さく声を上げた。

依頼者の山岡清美は聾者《ろうしゃ》だったのだ。

自分は先天的な聴覚障害のため、電話で話すことが出来ないことを詫びるメールだった。

清美の返信を見た空木は、驚きと同時に清美に嫌な思いをさせたのではないかという申し訳なさが重なり、山岡美夏という姉の行方の手掛かりを見つけてあげたいという思いが昂《たかぶ》った。

姉妹の絆

山岡清美は北海道の南の日本海側の町、江差《えさし》追分で有名な江差町で生まれた。姉の美夏《みなつ》が、小学校三年生。両親は小さな居酒屋を夫婦二人で営んでいた。

清美は姉と同様に、江差の道立江差病院で生まれたが、その後の検診で聴力障害を指摘された。母の美乃《よしの》は妊娠中に自分が風疹に感染したしたことが原因だと、自分を責めた。父は自分が妻の美乃に感染させたのだと悔やんだ。

成長していく清美は、音には全く反応が無く、片言の言葉も周囲が理解できる言葉にはならなかった。

家族は、姉の美夏が中学に入学するのを機に、函館に引っ越すことを決めた。清美を函館の聾《ろう》学校に入学させるために、家族全員で函館に移ることを決めた。清美が五歳の時だった。

江差の居酒屋を畳んだ両親は、父は運送会社のドライバーに、母はスーパーマーケットのパートで働き、二人の娘を育てた。

清美が聾学校に通い始めると、両親も姉の美夏も毎日日課として清美と一緒に手話を勉強した。上達が最も早かったのは、中学生の美夏で、清美は姉と毎日学校での出来事や、授業の話をすることが楽しみだった。

帰りの遅い両親に代わって、清美の食事の世話から毎日の学校の支度をしてくれたのは姉の美夏だった。八歳の年の差は清美にとっては、姉と言うよりも母が二人いるようで、不便を感じることは全く無かった。

一方美夏は、中学から高校の女の子にとって最も多感な時期を、妹の清美に全て注いでいたと言っても良いぐらいだったが、それで不満はなかったし、両親に不平を漏らすことも無かった。

そんな美夏が、清美と街中を歩く時一番神経を使ったことは、後からの車や自転車だった。聴力に障害を持つ妹にとって、後ろからの気配に音で気づく事は不可能なことであり、特に歩道を走ることが多い自転車は、ベルを鳴らせば通行人は気付くと思っている。それは清美にとっては、恐ろしい凶器になると美夏は思っていた。だから歩道では、手を繋ぐか自分の前を歩かせるように気遣っていた。

こうして落ち着いた函館の暮らしだったが、美夏が高校二年の冬、山岡家にとって、い

や美夏にとって大きな事件が起こった。父、良治が凍結した道路のスリップ事故で突然死んでしまったのだった。

　進学するつもりでいた美夏は、進路を変更し地元の小さな商事会社に就職する道を選んだ。しかし就職した美夏は、そこの経営者からのしつこいセクハラに遭い退職した。次に就職した食品会社でも上司からのセクハラのために一年足らずで退職した美夏は、世の中の男に嫌気がさすと同時に、自分の容姿が男の気を引く事を意識した。

　その頃清美は、聾学校の中学部に進級し、先々の進路を考えなければならない年齢になっていた。北海道の高等聾学校は札幌に近い小樽にあり、清美はその北海道高等聾学校への進学を希望していた。

　妹の希望を叶えてあげたいと思っていた美夏は、仕事として男性客相手の仕事にはなるが、高収入も期待できそうなクラブのホステスを選択した。函館で一、二の老舗のクラブで働き始めた美夏が、俗にいうナンバーワンになるのにさほど時間はかからなかった。

　美夏は母の美乃《よしの》に、寄宿舎費用も含めた学費は自分が出すから清美を高等聾学校に行かせてあげようと相談した。

　そして清美は、函館聾学校から北海道高等聾学校へ進学することになり、学校の寄宿舎

に入舎した。それに合わせて美夏は札幌薄野《すすきの》の老舗クラブへ入店し、札幌へ移り住んだ。母の美乃は函館に留まった。

姉妹が函館を出て間もなく、母美乃は再婚することを娘二人に告げて函館を出た。帰る家が無くなった清美は、姉の住む札幌のマンションに帰るしかなくなり、長期の休みは美夏の部屋で過ごし、食事などの家事を任された。

清美が高校三年生になった夏、清美は進路の相談を美夏にした。清美が理容学校に行きたいという意志を伝えると、美夏は「何故、理容師なのか。女性客が多い美容師の方が良いのではないか」と伝えた。清美は「手に職を持ちたい。理容師ならお年寄りから子供まで役に立てる」と手話で伝えた。

二年間の理容学校の費用は、当然美夏が捻出した。二百万円を超える費用だったが、美夏は負担どころか嬉しい気持ちが強かった。清美の進みたい方向、清美の人生の役に立つことが嬉しかった。

二年間の理容学校を卒業後、清美は札幌市内の理容店に住み込みの形で勤め、その年の秋の資格試験に合格、晴れて理容師の資格を取った。

美夏は独り立ちして行く妹の姿に、喜びと一抹の寂しさを感じたが、この頃には美夏は、

薄野《すすきの》で独立して店を持つという目標を持つようになっていた。

その後美夏は、薄野のクラブに勤めて七年経った三十歳で目標を実現した。薄野でラウンジ「やまおか」を開店したのだった。江差で両親が開いていた居酒屋「山岡」の名前を使い、アルバイトも含めて五人の従業員でスタートした。そして六年経った一昨年、「やまおか」は従業員十人を雇う繁盛店になっていた。

その年の九月中旬美夏は、部屋に書置きを残し忽然と姿を消してしまった。美夏三十六歳、清美二十八歳の時だった。


清美が、美夏の失踪を知ったのは、「やまおか」のチーママと称する永川咲からのスマホのメールだった。

「美夏ママと丸一日連絡が取れないが、何か知らないか」というメールだった。

清美は永川咲という女性を知らなかったし、チーママという存在がどんな存在なのかも知らなかったが、永川咲という女性は、清美のスマホの電話番号を知っていた。後から知ったことだが、美夏は永川咲に清美の存在と電話番号を伝えていた。

永川咲のメールは、姉に何かが起こったことを想像させた。

清美は美夏のスマホにメールを送信したが、いつまで経っても返信は無かった。

清美は仕事が終えてから、姉のマンションのある札幌市中央区の中島公園の西にあるマンションに行くと、以前から渡されていた鍵で部屋に入った。２ＤＫの室内はキッチンも部屋も綺麗に片付けられていた。

清美は部屋を見て回った。リビングのテーブルの上に一枚の印刷された手紙が置かれていた。宛名は書かれておらず、「訳があって札幌を離れます。落ち着いたら連絡しますから探さないでください」と書かれ、さらに追伸として、「お店はチーママに任せます」と書かれていた。

清美は手紙があった事と、行き先が分かるようなものは無かった事、自分にも行き先の心当たりは無いことを永川咲にメールで伝えた。

永川咲からは、「心配だけどしばらく様子を見ましょう。いつでも良いので一度お店に来てください。相談しましょう」という返信があった。特定の相談相手がいない清美にとっては、永川咲からの「相談しましょう」という一文はありがたかった。

清美は勤め先の理容店の主人に事情を説明し、薄野の繁華街へ行くことを伝えた。その時、たまたま店に居合わせた客が清美と主人との筆談をじっと見ていた。そしてその客は、

主人を介して清美に薄野《すすきの》への同行、案内を申し出た。

その客は、深堀和哉《ふかぼりかずや》といった。土木作業会社に勤める三十歳の男で、この理容店にはもう五年程通っている。清美にも何度か髪を切ってもらっていて、清美の聴力障害のことは承知していた。清美も顔は知っている客だった。

心細かった清美は、左手の上に右手を乗せて上に上げながら頭を下げ「ありがとう」を手話で表した。

深堀は右手の小指を顎にチョンチョンと当てた。清美は驚いた。深堀は手話で「どういたしまして」と返事をしたのだった。


夜の八時過ぎの薄野《すすきの》は、さほどの人通りではなかったが、清美にとって斜め後ろを、自分を守るように歩く長身の深堀和哉は心強かった。

ラウンジ「やまおか」は、南5西2のサンダーボルトビルと名付けられた飲食店ビルの十階にあった。この「やまおか」に清美が来るのは、店のオープンの直前に姉の美夏に案内されて来て以来だった。

店は客で賑わっていた。チーママの永川咲にとっては、初めて会う清美だったが、清美

がドアを開けると直ぐにそれと気付き二人を丁重に迎えた。

店内は喧騒に包まれていたが、清美と咲の筆談は淡々と進んでいった。

咲は、店の従業員と常連客には、美夏は体調を崩してしばらく休養すると言っている。「やまおか」の営業は、美夏が戻ってくるまでの間自分が責任を持って続けることを清美に伝えた。

清美は、姉のスマホにメールを送っても返信は未だに来ないこと、姉が札幌を離れる理由に心当たりが無いこと、そしてマンションにあった置手紙が、姉が書いたものなのか定かではないので心配だということを伝えた。

咲も美夏が、店を放り出す理由は分からないと伝え、二人は警察に捜索願を出すのか、このまま様子を見るのか相談した。咲は、清美の不安げな表情からその思いを察してか届けた方が良いと勧めた。

清美の横に座っていた深堀が、自分が清美と一緒に警察に行くことを伝えた。

翌日、清美は深堀和哉が運転する車で札幌中央署に行き、美夏の顔写真とともに捜索願を提出した。受理した警察からは、美夏の名前での置手紙の存在もあり、直ぐに生命の危険があるとは考えにくいため、一般家出人の扱いになる。子供など生命の危険が迫ってい

るような状況なら特異行方不明の扱いで即座に捜索に入るが、美夏の場合は、積極的な捜索は出来ないので新たな情報が入ったら警察に知らせて欲しいと伝えられた。つまり警察は探すことはしないということだった。

その後、美夏からは何の連絡もない中、九月の下旬、永川咲から清美にメールが届いた。それは美夏から店宛に手紙が届いたという知らせだった。「元気でいるから、安心して。お店を頼みます」という簡単な内容だけで、住所も何も書かれていないという事だった。さらにその手紙の消印は仙台中央なので、仙台から出された手紙に間違いないと思う。美夏は仙台にいるのかも知れない、と書かれていた。

何故仙台に行ったのか、全く心当たりがない清美は、美夏のマンションの部屋に行き先の手掛かりが無いか、隅々まで丁寧に探した。

見つかったのは、美夏名義の銀行の通帳と、そして日記のようなノートが数冊、物入れの奥から出てきただけだった。ノートはパラパラとめくって見ただけで、姉のプライベートに踏み込むようで詳しく読むことはしなかったし、簡単に読めるようなページ数でもなかった。

一方、通帳は残高を見る限り、当面生活していくには十分な金額が残されていた。美夏

がキャッシュカードさえ持って出ていれば生活に困ることはないと思った。そしてどこかでキャッシュカードを使ってくれれば居場所が特定出来る筈だ、と期待した。

何であれ、何処かで姉が元気でいてくれればいずれ会えると思うようにした清美は、仕事の休みの日は、美夏がフラッと帰ってくるような気がして美夏のマンションに行って過ごすようにした。

深堀和哉は、車で清美を美夏のマンションへの送り迎えをしたが、一緒に部屋に入ることはしなかった。

年が明けて新型感染症で世間が騒がしくなった頃、ラウンジ「やまおか」に美夏から二度目の手紙が届いたことが咲からのメールで清美に知らされた。

文面は、最初の手紙と同じ様に簡単な文章で、「元気でいるから安心して下さい。お店をよろしくお願いします」だった。ただ、最初の手紙と違ったのは、消印が東京中央になっているということだった。

永川咲を「やまおか」に訪ねた清美は、咲からチーママとして店を預かった半年の間の収益の一部を、美夏の口座に振り込ませてほしいという申し入れを受けた。

入金の確認をした美夏の口座の通帳には、引き出された形跡は無く、管理費、光熱費や

らの引き落としが定期的にされているだけだった。

姉はどうやって生計を立てているのだろうか、誰かに支援を受けているのだろうか。清美の心は不安の雲が広がっていった。そして、清美にはもう一つ、寂しい疑問があった。それは、妹である自分の事に二度の手紙がまったく触れていないことだった。

聾者《ろうしゃ》である自分が、江差から函館、そして札幌と移り住み、今理容師として生活が出来ているのも姉の美夏なしには考えられないことだ。姉はいつも自分の事を気にしてくれていた。そんな姉が自分の事に全く触れないという事は、札幌を離れたかった理由に、自分も影響しているのではないだろうか、聾者の自分から離れたかったのではないだろうか。

そんな事を考えると悲しくなった。

深堀和哉は、清美のそんな思いを伝えられ、「そんなお姉さんでは絶対にないから、そんな風に考えてはダメ」と慣れない手話で伝えて清美を慰めた。そして和哉は、美夏の残したノートをじっくり読んでみたら札幌を離れた手掛かりが書いてあるかも知れないと、清美に読むことを勧めた。

清美は、美夏がマンションに残したノートを最初のページから読んでみることにした。

三冊に及ぶノートは、「やまおか」の新規オープンと同時に書かれ始めていた。毎日では

なかったが、姉の周りで起こった出来事や、店の客入りなどが書かれ、「やまおか」の客が増えていくことを励みにしながらオーナーママとしての頑張りが書かれていた。

そのノートでは、美夏の行方の手掛かりになるような記述は見当たらず、人の名前を現わしていると思われるアルファベットとともに、客と思われる人の特徴が書かれていた。恐らく客を覚えるために書いていたのだろうと思うと、清美は感心しながら読んだ。

ラウンジ「やまおか」宛の美夏の手紙は、その後半年毎に届いた。消印は全て東京中央だった。

この頃には既に「やまおか」の従業員は勿論、常連の客にも美夏のことは知れ渡っていて、釧路で似た女性を見たとか、北見のスナックに居たというような情報が永川咲の耳に入ったが、全て誤情報だった。

清美は、咲からの連絡を受けるたびに、姉は何故これほどまでに居場所を明かさないのか、明かせない理由があるのだろうかと思うばかりだった。

札幌にも桜の開花が告げられる頃、清美は深堀和哉とともに「やまおか」に永川咲を訪ね、美夏の部屋に残されていたノートを読んでもらう事にした。

しかし咲が読んでも行方の手掛かりは見つからなかったが、イニシャルと思われるアル

ファベットをいくつも見て、その中でも何度も書かれているＹＭという文字が気になると言って、店にある分厚い名刺ホルダーを持ち出した。それは美夏が残した「やまおか」が開店してからの客の名刺だった。

ＹＭに該当する名刺は二枚あった。咲は念のためＭＹに該当する名刺も探し、やはり二枚抜き出した。四枚の名刺を二人の前に置き、このうち三人は今も札幌に居て店に来てくれているが、一人は札幌から転勤した筈だと、咲は筆談で清美に伝え、このＹＭさんに話を聞いてみたらどうかと勧めた。

清美が手帳に名刺の名前と連絡先を控えていた時、横に座っていた深堀和哉が「ＹＭの後ろに書かれている3とか5とかの数字はなんでしょうか？」と咲に聞いたが、咲は「さあ何でしょう」と言って首を捻るだけだった。

その札幌から何処かに転勤したという客の名前は、町村康之、東菱製薬札幌支店支店長と名刺には印刷されていた。

町村康之は東京に転勤したことまでは分かったが、それ以上のことは清美と深堀には分からなかった。

深堀は勤務先の北遠土木工業の社長に、東京の調査会社に心当たりはないか聞いたのは、

五月の末のリラ冷えする頃だった。

二週間後「すし万」の主人から連絡を受けた社長の遠山は、空木《うつぎ》と言う製薬会社を退職して東京で探偵事務所を開いている人物が、調査を引き受けるという話を深堀に伝えた。

深堀はその事を清美に伝えた。

「無駄なお金になるかも知れないが、ダメで元々で調査してもらおう」と深堀和哉が、メモ用紙に書いた意見に清美は頷いた。

そして数日後、清美は「スカイツリー万相談探偵事務所」宛に調査依頼の手紙を投函したのだった。

探偵

「三年前まで札幌で勤務していまして、その当時町村支店長にお世話になった万永《まんえい》製薬の空木《うつぎ》と申します」

空木健介は、東菱《とうびし》製薬の札幌支店に電話を入れた。町村康之の東京での所属部署を知る為だった。製薬会社が医療関係者からは勿論のこと、同業者からの問い合わせにも丁寧に対応することを、空木は承知した上で電話を入れた。

町村康之は、東京本社の営業本部営業戦略部長というポストで転勤していた。一昨年の十月一日付で異動したと札幌支店業務部の社員は教えてくれた。

空木の自宅兼事務所は、国分寺崖線の上に建つ六階建てのマンションの四階にある。ベランダからの晴れた日の夕方、西に望む富士山は絶景で、特にオレンジ色のグラデーションに染まる空をバックにした、丹沢の山並みと富士山のスカイラインは、空木の大好きな眺めだった。そのベランダで考え事をするのが空木の常だったが、今日は生憎、梅雨の末

期のひどい雨ふりで眺望は全く無く、眼下の街並みが雨のカーテンの向こうに霞んで見えているだけだった。

空木は片手に缶ビールを持ちながらベランダに出て、煙草を燻《くゆ》らせた。町村康之からの調査をどう進めるのかを考えていた。

依頼された仕事は、依頼人の姉の行方の手掛かりを聞くことと、町村という人物の住所の調査だが、面会しない事には始まらない。

面会の理由を「ラウンジ『やまおか』の経営者の山岡美夏の行方を知らないか」だけでは電話で「知らない」と言われれば面会する必要性が無くなる。依頼者からの町村に対する情報は、ラウンジ「やまおか」の客という以外全く無いだけに、どういう理由にするのか考えなければならなかった。空木は嘘をつく事は大嫌いだが、人を傷つける事の無い限り、方便や多少のハッタリは許されると思っている。

あと一つ、依頼者が山岡美夏の妹である事を知らせて良いものか。通常、依頼者の名前は守秘義務で明かしてはいけないが……。

二日後、空木は日本橋本町の東菱製薬本社に町村を訪ねた。

約束の午後四時少し前だった。面接ブースの一室に案内された空木は、町村が来るのを待った。

昨日の町村への電話で、空木は自分が探偵であることを名乗った上で、山岡美夏の行方について調べている事を伝え、直接会って渡したい物があると言って面会の約束を取り付けていた。

現れた町村は、「クールビズなのでこんな格好で失礼」と言いながら空木に名刺を渡した。

そう言う町村は、ベージュ色の夏物のスラックスに半袖の濃いピンクのボタンダウンのシャツという服装でマスクをしていた。ベージュの夏物ジャケットを着ている空木より格段にカジュアルの雰囲気は強かった。

「探偵さんが、私に渡したい物というのは一体何でしょう」

町村は空木の名刺をテーブルの上に置いて聞いた。

「町村さんもご承知の通り、札幌のラウンジ『やまおか』の経営者、山岡美夏さんの行方が分からなくなって二年近くが経つそうです。私はその行方が分からない山岡さんの身内の方から依頼を受けて、所在の手掛かりを調べているのですが、依頼人から山岡さんは東

京に居るらしい、ついては札幌勤務の当時、お店で山岡さんと親しくしていた町村さんに心当たりは無いか尋ねて欲しい、という依頼を受けて今日あなたにお時間を取っていただいたという訳なんです」

空木は町村の名刺をジャケットのポケットに収めた。

ラウンジ「やまおか」の客の中でも親しかったと、少し誇張した言葉を使うことで、面会する意味を強調した。

「あの店は取引先の接待に使っていましたから随分世話にはなりましたが、ママと特に親しかった訳ではありません。ですから行方の心当たりと言われても私には見当もつきません。何故私に聞いて欲しいということになったのか、私に聞くよりもママと本当に親しかった人に聞く方が宜しいいんじゃないですか」

「私は、町村さんに聞いて欲しいと依頼されただけですので、その辺の事は分かりませんが、町村さんは山岡美夏さんと親しかったお客さんをご存知なんですか」

「いえそうではないんですが、あのママはすごく美人で、ママ目当ての客も少なからずいたようでしたし、その中に親しい人間がいたんじゃないかという意味です。それよりママが何故東京に居ると分かったんですか」

「さあ、その事についても私は存じませんが、依頼人も東京に居ると断定している訳ではないようです。居るかも知れないから町村さんに協力して欲しいという事だと思います。それでこの電話番号を渡してくれるように頼まれました」

空木はそう言うと、バッグから一枚のメモ用紙のような小さな紙を町村の前に置いた。その小さな紙には０９０で始まる電話番号が書かれていた。

「これは…」町村は小さな紙を手に取った。

「身内の方の電話番号です。もし山岡美夏さんと出会ったり、見かけたり手掛かりらしい事に気付かれたら、ここに連絡して欲しいという事です」

それは空木が、町村との面会の理由に考えた方法だった。依頼人の山岡清美の連絡先は教える訳にはいかない。空木自身の携帯の連絡先は渡した名刺に印刷されている。思いついたのは、後輩の土手登志男の携帯番号だった。土手なら今回の調査依頼に関わっているし、迷惑の掛かる度合いも限りなく低い。加えて町村から連絡が来る可能性も分からない中、万が一手掛かりの連絡があっても、聾者《ろうしゃ》の依頼者に代わって土手が受ける方が好都合だと考えたのだ。ただ、土手への事前の了解は取っていなかった。

「私に渡したかったというのはこの事だったんですか。ママに出会ったりすることはまず

無いと思いますが、分かりました。これは預かります」町村はそう言うと腕時計を見た。

町村との面会を終えた空木は、東菱製薬の本社ビルを後にして近くのコーヒーショップに入った。

時刻は午後四時半を少し回ったところだった。空木には山岡清美から依頼された仕事が残っていた。町村の自宅の住所を調べる為、空木は時間を待った。

時間を待つ間、空木は依頼人の山岡清美への調査報告が期待外れなものになったと思いながら、町村が言った「何故、私に聞きに来たのか」ラウンジ「やまおか」のママ、山岡美夏が何故東京居ると思ったのか」という言葉が気になっていた。その根拠が知らされないまま、何であれ自分は依頼された仕事をすればいいのだが、探偵という仕事が少しは身についてきた所為なのか、気になった。

ラウンジ「やまおか」の客は、十人や二十人ではないだろう。百人以上いる筈だ。その中で町村康之が浮かんだのには理由がある筈だ。東京に転勤してしまった客が町村だけだったのかも知れないが、だとしたら山岡美夏が東京に居るかも知れないと考えた根拠は何だろう。請け負った仕事を熟せばいいだけの自分が、それを知る必要もないが、気になる

ものは気になる。

時刻が五時十分を回った。東菱製薬の終業時刻は五時半だろう。

空木はコーヒーショップを出て、再び東菱製薬の本社に向かい、ビルの裏手の社員通用口の見える通りの角で町村が退社するのを待った。

町村は六時過ぎに通用口から出てきた。ピンク色の半袖シャツは目立った。新型感染症拡大の為か町村を含めた社員の退社時間が早いような気がした。

町村はＪＲ新日本橋駅方向に歩き始めたが、新日本橋駅の地下への入口には入らず、中央通りを神田駅方面へ歩いた。町村の歩くスピードが速いように空木には感じた。

町村は神田駅の南口の改札を入り、中央線のホームへの階段を上がっていった。エスカレーターは使わなかった。

中央線快速の下り電車は、始発駅の東京駅から一駅にも拘わらず帰宅するサラリーマンでかなり混んでいた。リモートワークを国も東京都も強く勧めているが、通勤客はさほど減っているようには思えなかった。しかしその混雑が幸いしてか、同じ車両に乗った空木に町村が気付くことはなかった。

町村は武蔵小金井駅で下車し、北口へ出た。空木は一瞬、バスに乗られたらマズイ、気

付かれると思ったが、町村はバスターミナルを素通りし小金井街道を小金井公園方面へ北上した。

町村の足はやはり速かった。小金井街道から左に入り、歩き始めて十分程歩いただろうか、閑静な住宅地の一角の家に町村は入って行った。

小金井市貫井北町という住所を確認した空木は、来た道を武蔵小金井駅に向かった。


中央線の国立駅で降りた空木は、北口を出て国分寺光町の自宅兼事務所に帰る途中、五分程歩いたところの商店街の端に近い、寿司屋の暖簾をくぐった。

この寿司屋は「平《ひら》寿司」という屋号で、平沼夫婦と主人の甥、そして女性店員の四人で切り盛りしている店だった。

空木が退職後東京に戻って来て、一年ほど経った頃から通い始めた店で、二年ほどになる。趣味の山登りの後の「平寿司」での一杯は、空木の楽しみだった。

「いらっしゃいませ」と言う女将と店員の坂井良子の声に迎えられ空木が店に入ると、カウンター席から、髪を短く刈上げた陽に焼けた顔の客が、空木に声を掛けた。

「よう健ちゃん、久し振りだな」

声を掛けたのは、石山田巌《いしやまだいわお》と言う空木の国分寺東高校の同級生だった。この石山田は、現職の警視庁国分寺警察署の刑事課係長で、空木とは「健ちゃん」「巌《がん》ちゃん」と呼び合う仲だった。

「巌ちゃん、来てたんだ」空木はそう言って石山田の隣のカウンター席に座りビールを注文した。

空木はビールをグラスに注ぎ、石山田に向かって「お疲れ」と言いながらグラスを掲げた。石山田の前には、「空木」と書かれた芋焼酎のボトルが置かれていた。空木は鉄火巻きと烏賊刺しを注文してそのボトルを手に取り中身を確かめるように眺めた。

「もう空だよ。どれだけ飲んだんだ」

「濃い目の水割り一杯飲んだだけだ。まあまあ小さいことは気にしない。寿司が不味くなるよ。それより仕事の方はどうなの、忙しいのかい」

「忙しい事は無いけど、今日は仕事終わりでここに寄ったんだ」

空木はそう言うと女将に新しい焼酎のボトルを頼んだ。

「巌ちゃんに聞きたいんだけど、二年近く経った行方不明者って、見つけ出せるものかな」

「ん！仕事っていうのは、行方不明者捜しなのか？」

石山田は新しいボトルで焼酎の水割りを作り始めた。

「詳しい話は出来ないけど、まあそんなところだよ。ところで全国で年間何人ぐらいの行方不明者がいるのかな？」

空木は鉄火巻きを摘まみ、慌てて焼酎の水割りを作り始めた。

「うーん、確か認知症の高齢者も含めてだけど、年間八万人位いたように思う。ただ、一週間以内に七割りぐらいは見つかっている。死亡確認も含めてだけどね。二年以上経って見つかる人も数は多くないけどいるよ」

石山田はそう言うと、空木の前のゲタから鉄火巻きを摘まみ口に入れた。

「死んで見つかる人もいるって訳か」

「それはそうだな。行方不明者の届出人数のうち何パーセントかは死亡確認なんだから、二年経って見つかる人のうち死んで見つかる人の数も同じような率だと思う。ただ、白骨化してしまった死体での確認は簡単じゃないだろうけどね」

空木は石山田と話しながら、調査依頼人の山岡清美は、姉が東京に居るかも知れないと考えて、自分に調査依頼をしてきた。ということは、生存しているという何らかの根拠があるのだろうと想像した。

「それで仕事の方の目途は立ったのかい」

「行方不明者の手掛かりは無かったから、依頼者の目的は達しなかったけど、俺の仕事としては調査対象人の話を聞いて、住所を確認する事だったから、仕事は完了したという事になる」

その時空木は、町村に渡した電話番号を書いたメモ用紙の事を思い出し、後輩の土手登志男にその事を伝えなければいけない事を改めて思い出した。

空木と石山田は、主人の甥っ子の作る「特製パスタ」を締めに食べて店を出た。


自宅兼事務所に帰った空木は、心地良い酔いの中でパソコンに向かい、依頼人の山岡清美宛てにメールを発信した。

町村康之の東菱製薬本社での役職と自宅の住所を報告し、今日面会した内容については、会話を出来るだけ再現した形で報告した。そして正式な調査報告書は文書で送るとした。

空木は追伸として、余計な詮索かも知れないが、自分が疑問に思っていることとして、二点を書いた。

一つは、「やまおか」の数多い客の中で、町村康之という人物が調査対象者になったこ

と。

　もう一つは、行方不明の姉の山岡美夏さんが東京に居る可能性があると思ったことの二点だと書いた。しかし、その理由を教えて欲しいとは書かなかった。

　メールを書き終え送信した空木は、土手登志男に連絡を入れた。

　土手を通じて依頼された東京での調査の成り行きから、土手の電話番号をある男に連絡先として使わせてもらった。その男から連絡が来るとは思えないが、万が一、覚えのない人物から電話が入ったら、話を聞いておいて欲しい、と依頼した。

「僕も関係している話なので、連絡先に使ってもらう事は了解です。ただ、その人物の名前だけでも教えてくれませんか」

　土手の言う事は至極もっともだった。調査結果を教えられないのは当然としても、勝手に連絡先に自分の電話番号を使われて、どこの誰とも分からない男から電話があったら話を聞いておけ、では余りにも勝手な話だろう。

「町村康之という東菱製薬の人間で、二年前まで札幌で支店長だった人物だ」

「東菱製薬の支店長ですか。同業とは言ってもお偉いさんですね」

「そういうことだ。万が一連絡があったら話を合わせてくれ。頼んだぞ」

「分かりました。ところで空木さんは、依頼人に会いに札幌には来ないんですか」

「うーん、今のところ行くつもりはないが、仕事じゃなくて『すし万』の寿司を食べに行きたいよ」


翌日の東京は雨だった。

空木のパソコンのメールに、山岡清美からの返信のメールが届いていた。

そのメールには、調査の礼と町村に面会した結果、手掛かりがなかったことに残念としながらも、空木の文面から気になることが出てきたと書かれていた。

それは、町村さんは既に姉の行方が分からない事を承知していたように書かれていたが、だとしたらそれをいつ、誰から聞いたのか気になる、と書かれていた。

空木はそのメールを読んで、自分は「やまおか」のママの山岡美夏の失踪について、店に関わる従業員は勿論の事、常連と言われる客は承知していた事と思い込んでいたことに気付かされた。

やはり事前の情報交換が足りなかった。依頼人が聾《ろう》者だと知った事で、情報交換を疎《おろそ》かにしてしまったことを後悔した。空木は探偵としての責務を果たしていないことに、探偵

としての未熟さを痛感した。

　空木は、改めて町村との面会場面を思い返した。町村は山岡美夏が行方不明である事を自分から聞いた時、決して驚いた様子は無かった。町村は間違いなく知っていた。いつ誰から聞いたのだろう。しかし、それが山岡美夏の行方を知る手掛かりに繋がるのだろうか。空木には、この事がまたしても疑問として心に残った。

　清美のメールには、空木が疑問として追伸した二つの事についても書かれていた。それによれば、町村康之の名前が出てきたのは、姉が自分の部屋に残したノートに、ＹＭのイニシャルが数多く書かれていた事から、ＹＭに該当する町村さんに行方の心当たりを聞いて欲しかった。そして姉が東京に居るかも知れないという根拠は、姉の名前で送られて来ている手紙の消印が、東京だったからだった、と書かれていた。

「ノートと手紙…」空木は呟いた。

ノートの秘密

空木健介からのメールに返信のメールを送った山岡清美は、テーブルの上に置いたパソコンの画面を暫くじっと見つめていた。

「やまおか」のチーママ永川咲は、姉が札幌からいなくなった当初、店の従業員と客には、ママである姉は体調不良で暫く店を休むという事にすると言っていた。

依頼した探偵の空木の調べによれば、町村康之は、姉がいなくなった翌月の十月一日付で東京へ異動、転勤しているという。ならば町村は姉の行方不明をいつ知ったのだろう。店の従業員から聞いたのだろうか、それとも客の誰かから後日聞いたのだろうか。

清美は、翌日の理容店での仕事の間も、お客が途切れるたびにその事が気になった。

仕事が終わった清美は、深堀和哉と連絡を取り、会うことにした。

空木への返信のメールに自分の疑問を書いたものの、空木から答えが返って来るとは思えなかった。事情を理解してくれている深堀和哉に相談したかった。

二人は南郷通り二丁目のラーメン店に入り、和哉は味噌ラーメンの大盛りを、清美は塩

ラーメンを注文した。

手話を一生懸命覚えようとしている和哉だったが、まだまだ片言の手話レベルで清美と手話で話せるレベルではなかった。しかし清美にはそれが何にも増して嬉しく、姉の美夏の行方が分からない今は、和哉の存在が清美の心の大きな支えになっていた。

筆談で清美の疑問を知った和哉は「チーママの咲さんに聞いてみたらどうか」と伝え、そして「もう一度お姉さんの残したノートを読み返してみよう」と勧めた。清美は指を二本立てた後、手のひらで胸を撫でて手話で「わかった」と伝えた。

そしてスマホを取り出して永川咲に「東京に居る町村さんに、姉の行方不明の件を知らせた人が、従業員の方かお客さんの中にいないか聞いていただけませんか」という文面のメールを送った。

暫くして咲から「従業員には連絡した人はいないが、お客は分からない」という返事が来た。

和哉の車で東区の自宅に帰った清美は、姉の残した三冊のノートを取り出すと、部屋の外で待たせていた和哉に部屋に入るように促した。躊躇《ためら》う和哉に、清美は三冊のノートを手分けして読んで欲しいと伝え、部屋に入れた。時刻は夜八時を回って、札幌の夜は半袖

では肌寒さを感じる程だった。

二人は三冊を手分けし、清美は古いノートから読み始め、和哉は二冊目を読んだ。読み始めて四十分程して一冊目を読み終えた清美は、二人分のコーヒーを淹れ、和哉の前にコーヒーを置きながら、何か気になるような事が見つかったかメモに書いた。

和哉は、メモ用紙に「ＹＭは山登りが趣味。趣味が同じＨＴと話が合う」と書いて清美に見せ、清美が淹れてくれたコーヒーを飲んだ。清美も「ＹＭは会社のお金をごまかしていたらしい」とメモに書いて和哉に渡した。

三冊目はさほどページ数が多くはないことから、二人は一緒に読むことにして、二人の間にノートを置いた。それまで向い合せに座っていた和哉が清美の隣に座り直すと、清美は今まで感じた事のない心のざわつきを感じた。

ページを読み進めて八月下旬の日付のページで、清美がある個所を指差した。そこには（病院へ行く）と書かれていた。そしてノートは、九月の初旬を最後に終わっていたが、美夏の行方の手掛かりになるような記述は見つけられなかった
清美はページを戻し、さっき指差した箇所を再び指差して和哉に顔を向けた。

「お姉さんは病気だったのか？」と手話で聞く和哉に、清美は首を横に振った。

和哉は「また永川さんに聞いてみよう」と伝え、清美もそれに頷いた。

そして和哉は（病院へ行く）と書かれた日付の最後の記述（ＭＹ＊４４８）を指差して「これは何だろう。ＹＭの間違いだろうか」とメモに書いて清美に見せた。ＹＭ３，ＹＭ５などのイニシャルの後に数字が書かれていたことから、和哉は、ＭＹはＹＭの間違いだと思い清美に同意を求めたのだが、不思議な記述だと思った。

三冊のノートを二人が読み終えたのは、夜の九時に近かった。

清美は和哉に手話と共に「あいがと」と精一杯の言葉を口にした。そして、メモに「お姉ちゃんは生きているのかな」と書いて和哉に見せた。和哉は胸の前で右手を左から右に動かして「大丈夫」と手話で返したものの、和哉も本心ではその確信は持てなかった。

「姉は病院に通っていたのだろうか」という清美の問いへの永川咲の返信は「歯医者には通っていた時期はありましたが、その時期に体調を崩して病院へ行くとか、行ったとかという話は聞いた記憶はありません」という答えだった。

清美はＹＭこと町村康之への不信感が増すとともに、「病院」という文字に姉の身に何かがあったのではないか。そのことで札幌を離れなければならなくなったのではないかと考

え始めていた。二年前の夏、姉に何があったのだろう。どこの病院へ何のために行こうとしたのか、清美は知りたかった。

清美はその思いを和哉に伝えると、和哉は「病院を捜してみよう」とゆっくり口を動かした。そして、少し考えてメモ用紙に「探偵の空木さんに相談してみよう。札幌で製薬会社に勤めていたから、札幌の病院の事も知っているかも知れない」と書いた。

空木が清美からのメールを見た時、テレビでは五十七年振りの東京オリンピックが、無観客で開催することが決まった、と報じていた。

「町村さんが姉の行方不明を、どのように知ったのかはまだ分かりません。今日メールさせていただいたのは、ご相談に乗っていただきたい事があります」から始まった清美のメールは、姉の残したノートを読み返したところ、姉は行方が分からなくなる直前に、何らかの理由で病院に行ったようだ。姉が行ったと思われる病院を捜し、姉の身に何が起こっていたのか知りたいと思っているが、「やまおか」のお店の人たちにも心当たりは無いとの事。製薬会社に勤めていた空木さんならどのようにして捜し出すのか、アドバイスしていただけるのではないかと思ってメールをしたと書かれていた。

「またノートが出てきた」空木は呟いた。

ベランダに出た空木は、どんよりした空を眺めながら美夏が何故病院へ行ったのか考えてみた。

周囲に体調の不調を訴える事は無く、また周囲から見ても体調に変化はないように見えた美夏が、病院へ行った。可能性の一つは見舞いだ。見舞いだとしたら病院の見当は全くつかない。札幌の病院とは限らないから探すのは不可能だ。そもそも美夏の体の不調ではないのだから探す意味もないだろうし、見舞いに行くならそのノートに見舞いに行くと書くだろう。恐らく見舞いではない。

人に言えない病気なのか、例えば性病ならどうだろうか。恐らく周囲には言わずに婦人科へ行くのではないだろうか。婦人科？生理不順？しかしこれは周囲に相談しそうだ。

生理が止まったらどうだろう。妊娠の可能性があったらどうだろう。既婚者ならともかく、独身の美夏、「やまおか」のママという立場でもあり、周囲には相談出来ないのではないだろうか。妹にも相談し難いだろう。産婦人科に行った可能性がある。

いずれにしろ産科婦人科のある病院か、お産の出来る産婦人科医院を当たって見るべきだろう。

空木は、ベランダから事務所に戻るとパソコンに向かい、札幌市内の病医院を検索してみた。五十軒ほどの医療機関が産婦人科の病医院としてリスト表示された。この五十軒ほどを調べるのも容易な事ではないと思いながら、この病院を調べて病院に行った理由も分かったとしても、それで山岡美夏の行方の手掛かりが掴めるのだろうか、と空木は疑問に思った。

空木は思い立ったようにスマホを手に取り、ある友人に電話を入れた。

友人の名前は小谷原幸男《こやはらゆきお》、京浜薬品という製薬会社の多摩営業所の所長で、空木とは札幌に勤務している時からの友人であり、空木が万永製薬を退職した翌年、転勤で東京の国立《くにたち》市に移って来たのだった。

「仕事中すみません。小谷原さんに相談したいことがあるんですが、今日は平寿司に行きますか?」

小谷原も平寿司の常連で、毎週金曜日の夜は、店に行くことを空木は知っていた。

「今日は行くつもりですけど…」

「札幌の病院の事で聞きたい事があるので平寿司で待っています」

小谷原が平寿司の暖簾をくぐって店に入って来たのは、空木がビールを飲み始めて二十分ほど経った夜七時過ぎだったが、梅雨明けはしていないとはいえ夏の空はまだ明るかった。

小谷原はカウンター席に座る空木の横に座り、ビールを注文すると「相談って何ですか。札幌の病院の事だって言っていましたけど…」とせかす様に聞いた。

「小谷原さんの会社、京浜薬品は産婦人科領域に強かったですよね」

「強いかどうかは分かりませんけど、オキシトシン製剤を販売していますから自然と産科領域とは関係が出来る事は間違いないですね」

小谷原はビールグラスを空木に向けて掲げた。空木もそれに合わせて「お疲れさまです」と小さく言ってビールグラスを掲げた。

「オキシトシン製剤ですか？」

「オキシトシンというホルモンを製剤化した薬で、子宮を収縮させる作用があって、陣痛促進剤として使われているんですよ」

「ということは婦人科というよりも産科に関係深いということですか」

「そうですね。それが空木さんの相談と関係があるということですか」

「そういう事なんです」

　空木は頷きながら鉄火巻きを口に入れ、焼酎の水割りを作り始めた。

「実は、二年前の八月頃に、ある女性が札幌の産婦人科にかかっていたようなんですが、その施設を捜す良い方法はないかと思って小谷原さんに相談しようと思った訳です」

「私で役に立つとは思えませんが、捜すのであればその人が札幌のどこに住んでいたのかが先ずは重要でしょうけど、何処か分かっているんですか」

「今は分かりませんが、それは分かります」

「そうですか。…産婦人科にかかる理由は何だったんですか。病気?妊娠?」

「それがどちらとも分からないんですが、仮に妊娠だとしたら施設を絞ることは出来ますか」

「そうですね。そこで産むつもりなら入院ベッドを持っている産婦人科を選ぶでしょうから、かなり絞ることは出来ると思いますよ。逆に言うと、お産以外の目的で行ったとしたら絞ることは出来ませんね。母子手帳があればすぐに分かるんですが、無いという事ですよね」

「まあそういう事になりますよね…」

空木は、小谷原が言う「母子手帳が無い」ということは、妊娠の確認の為に病院に行ったという線は、無いということになるのかと思いつつも、まだ性病で婦人科にかかったという可能性はあると考えた。

「とは言え、その人の住んでいた住所の周辺で産科ベッドのある病医院から当たっていくしかないでしょう」

小谷原はそう言うとビールを飲み干し、冷酒を注文した。

「二百万都市の札幌となればお産のできるところはたくさんありますよね」

「そうですね。でも病院以外の医院だったら案外少ないですよ。中央区なら二、三軒じゃないでしょうか」

「えっ、そんなもんなんですか。意外と少ないですね」

空木は、山岡美夏が住んでいた区とその周辺から当たってみたらどうか清美に伝える事にした。札幌には二つの大学病院を始め、お産が出来る大病院は数多くある。そこに行った可能性もあるが、まず調べ易い医院から当たるべきだと考えた。

自宅兼事務所に帰った空木は、まず清美に姉の美夏の住まいの住所を確認するためメー

ルを送った。

美夏は中央区が住まいだった。空木は、中央区、豊平区、西区の三区のお産の出来る医院をリストアップし、清美に姉さんの住んでいた中央区およびその周辺から調べることを提案するメールを送った。そして最後に、数日中に札幌へ行くつもりであること、更に姉さんが残したノートを読ませて欲しいことを追伸として書いた。

北へ

土曜日にも拘わらず羽田空港は閑散としていた。

新型感染症の影響だろう。オリンピックも近いというのに外国人の姿はほとんど無く、日本人客も少ない。

空木《うつぎ》の乗った飛行機は、定刻に羽田空港を飛び立った。梅雨空の雲を抜けると久々の青空を見ることが出来た。

新千歳空港は晴れていた。青空をバックに樽前山《たるまえ》の溶岩ドームが望めた。この景色を空木が見るのは四年振りだった。

ベージュのコットンスーツにデッキシューズの姿は、少し時代ずれしているかも知れなかったが、空木は精一杯のお洒落のつもりだった。山岡清美に会う時に、むさ苦しい探偵と思われないようにするための、空木の精一杯の努力だった。

薄野《すすきの》の『すし万』の暖簾をくぐるのも四年振りだろうか。女将の「いらっしゃいませ。

お待ちしていましたよ」の声に迎えられた空木は、既に来ていた土手登志男が座るカウンター席の隣に座った。

二人はお互いに「久し振り」と言いながら、生ビールで乾杯した。

「土手、暫くお前の所に泊まらせてもらうが、宜しく頼むよ」

「札チョンの汚い部屋ですけど、好きなだけ泊まっていってください。空木さんには調査を引き受けて貰って感謝していますから」

「空木さん、土手さんの言う通りです。調査を引き受けて貰って私も感謝しています。ありがとうございました」店主の須川はそう言うと、和帽子を脱いで頭を下げた。

「調査は引き受けましたが、目当ての人が見つかった訳ではないので、役目を果たした訳じゃないんですよ」

「じゃあ今回札幌に来たのはその為なんですか」

「役目が果たせるかどうかは分からないんですけど、気になることがあって来ることにしたんです。それに久し振りに『すし万』の寿司も食べたかったんで、どっちがついでか分かりませんけど、ついでに来たという訳です」

空木はビールを空け、焼酎のロックを注文し、つまみに北寄貝と時子を頼んだ。

「気になることがあるんですか？」

土手もビールを空け、焼酎の水割りを頼んだ。

「詳しい話は出来ないが、俺に東京で会って調べて欲しいという人物が浮かんできた根拠になったノートというのがあるらしいんだが、それを直《じか》に見たいと思っているんだ」

「なるほど、それで札幌まで来られたんですね。しかし、その行方が分からない人は生きているんですか。今日もテレビで羊蹄山《ようていざん》の麓で白骨化した死体が見つかったって言ってましたけど…」

「捜している人は東京に居るらしいんだけどな…」

空木は土手にそう言ったものの、本当に東京で生きているのだろうか、空木も心の隅でもしかしたらという思いが無い訳ではなかった。

「一か月前にも道東で白骨化した死体が見つかっているんですけど、あの身元は判ったんですかね。大将知ってる？」

「いえ、知りませんけど、続けて白骨死体が出てくるとは、ヒグマにやられたにしても気持ち悪いですよ」

「一か月の間に二つの白骨化死体が出たんですか…」

山岡清美もこのニュースを知っているのだろうか。さぞ不安な思いになっているのではないかと空木は慮《おもんばか》った。

翌日の日曜日の午後三時に、空木は山岡清美と中島公園近くのホテルのロビーで待ち合わせた。

友人と二人で来るという清美のメールに、空木は女友達を想像していたが、ホテルのロビーで人探しをしている様子の男女を見て、男の友人、いや彼氏かも知れないと想像した。その男性は、日に焼けた顔で、がっちりした体つきだった。

空木は人探し風の二人に近付いた。男性が空木に気付き、女性の肩を空木の方に向けさせた。

「空木さんですか」男性が声を掛けた。

「はい、空木です」

「札幌まで来ていただいてありがとうございます。こちらの女性が山岡清美さんです。私は友人の深堀和哉と言います。宜しくお願いします」深堀和哉はそう言うと、清美に「この方が空木さんです」と手話で伝えた。

空木は清美を見て、覚えてきた手話で「こんにちは。初めまして空木です」と挨拶した。清美は、少しびっくりした顔から微笑みを浮かべて、手話で空木に挨拶し、来札の礼を伝えた。

清美は、ミルキーピンクのスラックスにブルーと白の横縞《じま》のボーダーの半袖というスタイルで、ショートヘアのヘアスタイルが良く似合っていた。

深堀によれば清美は今日、勤めている理容店を、午後の休みを取って来たということだった。

三人はホテル一階のテラスレストランに入った。

空木は改めて二人に「スカイツリー万《よろず》相談探偵事務所　所長」の名刺を渡した。

清美はバッグの中から三冊のノートを取り出し、空木の前に置いた。空木は、これが姉の美夏の残したノートなのかと直感し二人の顔を見た。

「これが清美さんのお姉さんが残したノート、三冊です」深堀和哉が通訳するかのように言った。

「ありがとうございます。早速、今日この後読ませていただきます。出来るだけ早くお返しします」

「空木さんは札幌にはいつまで滞在されるんですか」

「札幌に居る友人のところに泊まって、暫くいるつもりです」

空木の話を聞いて、和哉は清美にその事を伝え、手話で何かを相談していた。二人の姿を見ていた空木は、和哉の清美への優しさを感じると同時に、誰かの役に立つ存在の尊さのようなものを感じていた。

「空木さん、清美さんは理容店で理容師として働いていて、明日の月曜と明後日《あさって》の火曜が休みなんです。空木さんがノートを読んで何か気付く事があったのか、聞きたいので明日にでもまた会いたいと言っています。ただ、僕は仕事で同席できませんが…」

「分かりました。明日、清美さんとお会いしましょう。ノートはその時にお返しします」

空木が言い終えるのを待っていたかのように、清美はまたバッグから四通の封筒を取り出し、空木の前に置いた。

「これは？」

「これはお姉さんが二年前の九月に札幌から失踪した後に、お姉さんの名前でススキノのお店に送られて来た手紙です。空木さんに見て欲しいと言っています」

空木は四通の封筒から手紙を取り出し読んだ。

四通ともほぼ同じ文面で、無事でいる事を知らせ、店を頼むと印字されていた。

空木は封筒の消印に目をやった。美夏が札幌を離れたという一昨年の九月の末の消印が仙台中央である以外、それ以降の半年毎の三通の封筒の消印は東京中央だった。この消印を根拠に、美夏が東京に居るらしいと考えたのかと空木は合点《がてん》した
合点した一方で、手紙は勿論のこと宛名も手書きではなくプリンターで印字された紙が貼られていることに、大きな疑いを抱いた。所在地を知られたくないとしても、全て印字の封書にする理由があるのだろうか。美夏が誰かに手紙を出してくれるように依頼された人間が自筆で書くことを嫌ったのか。

仙台から一通、そして東京から三通の、山岡美夏の存在を示す手紙は、本当に本人からの物なのだろうか。いかにも札幌から仙台に渡り、その半年後に東京へ移動して生活を続けているように思わせるが…。もし本人が出した物でも無く、誰かに頼んで作った物でもないとしたら…。

空木がテラスの外に目をやり、考えていると深堀和哉がまた話し掛けてきた。

「その手紙についてではありませんが、清美さんが空木さんに病院への調査の方法について相談したいそうです」和哉はそう言うと清美を見た。

清美はペンを持って、筆談用のノートに描き始めた。

「私は会話が出来ないので、どうやって調べたら良いか悩んでいます」

「……。手紙を出して見たらどうでしょう。お姉さんを捜している事、少しでも手掛かりが欲しい事を書いて返信のハガキを同封するんです。どうですか」

空木は筆談用のノートに書いて清美に返した。

清美は頷いて、傍らでそのノートを覗いていた和哉を見た。

「空木さんが清美さんにメールで送ってくれた、お産が出来る中央区、豊平区、西区の医院に手紙を送って、返事を待つ。その後に病院にも同じようにする訳ですね」

空木は、清美へ送ったメールの内容を和哉が承知している事を聞いて、清美の和哉への信頼が大きいことを改めて感じた。

「基本的にはそうするのが一番良い方法だと思いますが、大病院は返事をしてくれるかどうか…」

「大きな病院は患者の数が多いから難しいんですか」

「難しいと言うより、患者の個人情報を出してくれるかどうかなのです」

「それは医院でも同じじゃないんですか」

「まあ、それはそうなんですが、医院の場合は院長個人の判断次第ですから、清美さんが聴力障害で聾者として頑張っていることを知れば、お姉さんの行方捜しに協力してくれる可能性が高いように思えるんです」

「分かりました。早速清美さんと一緒に文面を考えて手紙を送ります」

和哉がそう言って清美に顔を向けると、清美はまた頷いた。

「深堀さん、清美さんは今の話が聞こえているんですか？」

空木は、頷いた清美を見て不思議に思い訊いた。

「いいえ聞こえてはいませんが、唇の動きで概ねは分かるようです」

和哉は清美を見てニコッと微笑んだ。

「ということは、ゆっくり話せば私の話も清美さんには通じるということですか」空木は清美を見て言った。

清美は頷いて、ノートに「私の伝えたい事は手話か筆談でしか空木さんには伝えられませんが、空木さんのお話しの大概は分かります」と書いて空木に見せた。今度は空木が大きく頷いた。

三人は、テーブルに置かれた飲み物に口をつけた。

「清美さんには聞きたくない話になるかも知れませんが、お姉さんの行方不明届けを出してどの位経ちますか」

　空木は、四通の手紙への疑惑、そしてそこから生まれてくる姉の美夏の生存への危惧が消えなかった。

「二年前の九月に、お姉さんから店宛に最初の手紙が来ました。その直ぐ後に、清美さんと一緒に警察に届けに行きました」和哉が答えた。

「その後、警察から何か連絡はありましたか」

「いいえ、何もありません。届け出た時に、警察からは一般家出人の扱いになると言われました」

「そうですか…。届出を出してもう二年近く経ちます。この四通の手紙を持ってもう一度警察に相談してみたらどうですか」

　空木は和哉にそう言うと、清美に顔を向けた。

「姉は亡くなっていると思いますか」清美はノートに書いた。

　空木は清美を見てゆっくりとした口調で「分かりません」と答えた。

ホテルで二人と別れた空木は、中島公園の中を歩いた。

空木は札幌に勤務当時、この公園内にある体育センターにはよく足を運んでトレーニングをした。

冬は、ウィンタースポーツは全然ダメな空木だったが、冬の間この公園で開設される一周1キロの歩くスキーのコースには、仕事が無い限り休日にはよく来て大汗を掻いた。四年間毎冬通ったが全く上達せず、目標のクロスカントリー大会に参加するどころか、公園内の3メートル余りの斜面さえも、倒れずに滑り降りる事が出来ず、転んでいたことを思い出して一人で苦笑いした。

四年間、山にもよく登った。飛行機から見た樽前山から始めて、トムラウシ、旭岳、羅臼岳、斜里岳、十勝岳そして利尻山、一緒に山行した後輩たちは、まだ万永製薬の札幌支店で頑張っているだろう。

彼らを見捨てるかのように会社を辞めた空木は、未だに顔を会わせることに躊躇《ためら》いがあった。その点、土手登志男は名古屋支店での付き合いが主で、北海道ではすれ違いだったことが、空木の気持ちを楽にさせていた。

土手の部屋に戻った空木は、清美から預かったノートを読み始めた。メモ用の手帳を横

に置いて黙々と読み続ける空木に、土手は声を掛ける事はせず、晩飯を作り始めた。

土手の作ったチャーハン、肉野菜炒め、そしてタコ焼きは頗《すこぶ》る美味かった。


翌月曜日、空木は清美と大通《おおどおり》公園の噴水前で午後二時に待ち合わせた。

深堀和哉が仕事で同席出来ない中、前日と同様にホテルのロビーで清美と待ち合わせするのは避けるべきと考えた結果が、大通公園での待ち合わせだった。

今日の清美は、ベージュのコットンスラックスに白の半袖のポロシャツというスタイルで、ショートヘアにより一層似合っていた。

二人は、噴水前のベンチに座った。

空木は、昨日預かった三冊のノートを清美に返し、さらにメモ書きを渡した。そのメモ書きには、ノートを読んだ空木が疑問に思えた事が書かれていた。

そのメモには、アルファベットＹＭはお金に汚い事、ＹＭの後の数字の記述はノートが書かれ始めて半年後から記載され、最後までに三十回以上書かれているが、何か意味があるのではないかと思う事。ＹＭは山登りを趣味にしていて、趣味が同じＨＴと話が合う、と書かれていることからＨＴという人から美夏さんの失踪の話を聞いた可能性があるので

確認すべきである事。病院に行くと書かれた後の「MY＊448」は意味不明だが、YMの後の数字と同じく何かの暗号ではないか、と書かれていた。

メモを読んだ清美は、指文字でHTを表し、さらに顔の前で手を左右に振って「分からない」と空木に伝えた。

空木はメモ用紙に「YMと同じく、店の客の中にいる筈です」と書いた。

「お店に聞いてみます」と清美は書いて返した。

「産科医院への手紙は準備出来ましたか」空木はメモ用紙に書いた。

「昨夜、深堀さんと一緒に作って今日の午前中に発送しました」と返した。

「速い」と空木は呟き、もしかしたら清美は姉の美夏に既に何かが起きていると感じていて、手掛かりになる情報を少しでも早く知りたいと思っての「速さ」ではないだろうかと推測した。

「お姉さんの事は心配ですね。札幌中央署はここから近いですが、もし私と一緒で良いならこれからお姉さんの行方の相談に行きませんか」空木は、筆談で清美に伝えた。

それを読んだ清美は、一瞬躊躇《ためら》い「ちょっと待って下さい」と返して、スマホでメールを始めた。

清美のメールの相手は深堀和哉で、警察に行くことの相談をしたようだった。

そして清美が、空木に和哉から電話が入ることを伝えると、空木のスマホが程なくして鳴った。

「空木さん、清美さんは一緒に行って欲しいと思っていますが、空木さんへの調査料の支払いを不安に思っています。だからこれ以上は依頼出来ないと思っています」

「そうでしたか。それなら調査料の心配は全く不要です。東京での町村さんの調査の料金を既に頂きましたから、それ以上は必要ありません。清美さんにそう伝えて下さい」

「ありがとうございます。それなら清美さんは喜ぶでしょう。是非一緒に行ってあげてください。私からもお願いします」和哉はそう言って電話を切った。

電話を終えた空木は、清美のスマホを指差して和哉からメールが来ることをジェスチャーで伝えた。

メールの着信を知らせるバイブレーションの振動音がして、清美はスマホに目を落とした。そして顔を上げ、空木に向かって手話で「ありがとう」をしながら、頭を下げた。

札幌中央署は大通公園からほど近い北1条通り沿いにあって、昭和初期のレトロ感を残

しながら、新たに建築された札幌方面本部の中心となる警察署だった。

行方不明者の届け出の窓口である生活安全課の係員に、空木は自分の身元、つまり東京の探偵であることを伝えた上で、訪れた事情を説明した。

「北海道警察には手話通訳者がいないので、不便かも知れませんが、こちらへどうぞ」

係員はそう言ってパーテイションで仕切られたコーナーに二人を案内した。そして一冊のファイルを二人の前に置いた。

「一昨年の九月の末に届出されている山岡美夏さんですね。その後何か手掛かりがあったということでしょうか」係員はファイルを見ながら言った。

空木は清美に「手紙を出して下さい」とゆっくりと口を動かして係員にも聞こえるように言った。

清美が係員の前に四通の手紙を置くと、空木がその説明をした。

「行方の手掛かりが掴めない中で、この手紙は、お姉さんである山岡美夏さんの名前で四回に渡って送られて来たものです。この手紙は四通全てが印刷されている上に、宛先も何故か妹さん宛ではなく、経営していたお店宛です。住所も知らせず無事だけを知らせて来る手紙に、妹さんも私も美夏さんの安否に不安を感じています」

係員は「拝見させていただきます」と言って四通の手紙を手に取って目を通した。

「この手紙が不自然だと言うことですか。山岡美夏さんは、届出当時一般家出人として扱っていたところですが、特異行方不明者として扱って欲しいということですね」

「扱いがどうなるのかは、私たちには良く分かりませんが、安否がとにかく心配です。しかも最近一か月の間に、道内で複数の白骨化死体が見つかったというニュースを聞くと、その不安がすごく大きくなりました」

「…そうですか。それでしたら、ここ二年近くの間に道内で見つかった身元不明者の遺体を、一度確認して見てはいかがですか」

係員はそう言うと「ちょっとお待ちください」と言って席に行き、パソコンを持って、またコーナーに戻って来た。

「北海道警察のホームページに、このように道内の各方面本部の身元不明者の遺体のリストを掲載して、情報提供を呼び掛けているんですが…」

係員は開いたパソコンの画面を空木と清美に向けた。

「ただし、最近の案件はここにはまだ掲載されていないかも知れませんので、今鑑識課の係員を呼んで確認しますから、少し待っていてください」

係員はまたコーナーから離れて席へ戻って行った。

空木と清美は、パソコンで直近二年間に発見された道内各方面本部の女性の身元不明者の遺体を、そのリストから確認した。方面本部は札幌、旭川、函館、北見、釧路の五つの本部で構成されていたが、女性の身元不明遺体の数は少なく、旭川と北見の方面本部で各一件、札幌方面本部で三件の計五件だった。その中でも、推定年齢から該当する事案は、北見の事案と札幌の三件のうちの一件の計二件だけだった。しかし、札幌の事案は、死亡推定時期が美夏の失踪以前の為、該当する可能性は無かった。

一方北見の事案については、先月六月初旬の発見で、斜里警察署管内の清里町、斜里岳の登山口付近で見つかった白骨化した遺体で、死後一年半から二年、推定年齢三十代から四十代とされていた。

清美は、その北見の事案の遺留品を写した画面をじっと見つめていたが、それ以上の反応は見せなかった。

どの位の時間が経っただろうか、鑑識課の係員と名乗る若い男が、生活安全課の係員と共に、二人の前に座った。

鑑識課の係員は手に持ったファイルを開いて二人に見せた。

「ホームページに未掲載の事案はこれです。倶知安警察署管内で先週発見された女性の白骨化した死体です」

　空木と清美は、そのファイルを手元に寄せた。

　その白骨化した死体は、膝を折り曲げた姿で死後一年半から二年経過し、推定年齢は二十代から四十代とされていて血液型は不明だった。

　遺留品の写真のファイルを見ていた清美が、ジーンズやポロシャツの写真のページから、身に着けていたと思われるアクセサリーのファイルを見た瞬間、その写真を指差して空木に見せた。

「姉のネックレスです」清美は少し震えた指先で、書いたメモを空木に渡した。

「えっ」と小さく声を上げた空木は、二人の係員にファイルの写真のページを見せながら
「これはお姉さん、山岡美夏さんのネックレスだそうです」

「えっ」鑑識課係員も空木同様に小さく声を上げた。

「このネックレスが、お姉さんのものである根拠のようなものがあるんでしょうか」

　係員の問いに、空木は筆談でそれを清美に伝えた。

「私が理容師試験に合格して、初めてのボーナスで姉に贈ったＡＫというブランドのネッ

クレスです」

清美はメモを空木に渡すと、机の上のファイルをまた手元に寄せて、食い入るように見つめ、唇を噛んだ。

驚き、怒り、悔しさ、そして悲しみが込み上げて来るのを必死に耐えているように空木には見えた。

鑑識課係員は刑事部捜査第一課に連絡を入れ、清美と空木を刑事部のフロアに案内した。

面談室に案内された二人に、一人の眼鏡を掛けた男が「捜査第一課の笹井です」と挨拶した。空木もスカイツリー万《よろず》相談探偵事務所の名刺を渡し挨拶した。

「今、鑑識から、先日倶知安署管内で見つかった白骨化した死体と一緒に発見されたネックレスが、貴女のお姉さん、山岡美夏さんのものだとお聞きしましたが、もう少し詳しいお話を聞かせて下さい」

笹井は、清美に向けていた顔を空木に向けた。

「すみませんが、あなたの名刺を一枚いただけますか。清美さんは聴力障害があるので、あなたが誰なのか教えてあげたいのですが…」

「失礼しました、そうでしたね」笹井はそう言うと名刺を清美と空木にそれぞれ渡した。

　空木が笹井の質問をメモで清美に伝えると、清美はペンを取り、一昨年の九月中旬に姉の美夏が置手紙を置いて札幌を離れたことから、今日に至るまでをメモに書いた。

「事情は分かりました」笹井はそう言うと、改めて身元不明遺体のファイルをじっと見た。

「このネックレスが、仮にお姉さんである山岡美夏さんの物だとしても、この白骨化した死体が山岡美夏さんだとは断定できません。ＤＮＡ鑑定か歯型の鑑定をしないと断定は出来ませんが、鑑定できる材料はお持ちでしょうか」

　空木がそのことを清美に伝えると、清美は「わからない」と顔の前で手を振った。

「歯医者に通っていたことはありますか？」空木の筆談に、清美は頷いた。

「その歯医者はどこですか？」空木の問いに、清美は、今度は首を横に振った。

「歯医者に通っていたんですね。後は我々で調べましょう。お姉さんの住所は、中央区の南11条西６丁目ですね。歯医者を調べて歯型の鑑定結果が出るまでには数日かかると思いますが、お互いに大事な調査です。いずれにしろ結果が出たら連絡しますが…。もし、お姉さんだと断定することになったら、この四通の手紙と置手紙は参考品として預からせていただくことになりますが、置手紙は保管されているのでしょうか」

　空木が笹井の話した事をメモに書いて清美に伝えると、清美は「置手紙は姉のマンショ

ンにあります」とメモに書いた。

「お姉さんの部屋はあなたが使っているんですか？」空木の問いに清美は、首を振り「姉が買ったマンションなので、いつ帰って来ても良いようにしてあります」と空木に伝えた。

空木は、清美の書いたメモを笹井に見せながら清美への連絡について聞いた。

「清美さんへの連絡は、スマホのメールでしてもらうことは可能ですか」

「それが清美さんへの連絡方法としてはベストでしょうね。大丈夫です」

清美はメモにアドレスを書いて笹井に渡した。

「刑事さん、私は山岡美夏さんの捜索を依頼された立場の人間として、お聞きしておきたいのですが、この白骨化死体は倶知安署管内のどこで発見されたんですか」

笹井は眼鏡を触りながら、鑑識課係員の方に顔を向けた。

「羊蹄山《ようていざん》の麓の登山口の近くです」係員が答えた。

「比羅夫《ひらふ》登山口ですか？」

「空木さんは、北海道をご存知なんですか？」笹井が空木の名刺に目を落としながら訊いた。

「ええ、三年前まで四年間程札幌に住んでいて、山登りが好きなので少しは分かるんです」

空木は、蝦夷《えぞ》富士と呼ばれる後方羊蹄《しりべし》山の山容を思い浮かべていた。

「ヒグマにやられた可能性もあるんでしょうか」

「さあ、それは分かりません。山菜取りの方が偶然見つけたんですが、発見された状態は、地中の死体を腐肉食動物が掘り起こしたような状態だったようです」

「地中の死体ですか…。埋められた…」

「そうとは限りませんよ。熊は自分の獲物を地中に隠すらしいですからね」

笹井は、空木から「誰が」という言葉が次に出てくるのを遮《さえぎ》るかのように言った。


警察を出た空木は、清美に顔を向けて「これからどうしますか」とゆっくりした口調で聞いた。

「お店のチーママの永川咲さんに、これから会いに行きます」清美はメモ帳に書いて空木に見せた。

「私も一緒に会わせてくれませんか」空木がメモ帳に書くと、清美は指でＯＫのサインを出した。

月曜日の夕刻の大通公園の人通りはまばらだった。

清美と並んで歩いていた後ろから、自転車のベルが鳴るのが聞こえた。空木が振り向くと、年配の男性がこっちに向かって勢い良く自転車を走らせていた。歩道を歩く清美は、当然ながらベルの音には全く気付かなかった。空木は清美をかばうようにその後ろに立った。

年配の男性は、すれ違う時に清美を睨みつけ、まるで「よけろ」とでも言っているように思える態度に、空木は腹が立った。それと同時に、自分も聾《ろう》者である清美という存在と出会うまでは、同じようなことをしていたのではないかと恥ずかしくなった。

ラウンジ『やまおか』に入ったのは夕方五時過ぎだったが、薄野《すすきの》の人出も少なかった。

永川咲は清美の後ろに立っている空木を見て、「おや」という顔をした。怪訝な雰囲気を察して空木は清美の前に出て、「空木と申します」と名刺を渡した。

（スカイツリー万《よろず》相談探偵事務所　所長）の名刺を見た咲は、少し驚いた様子だった。

「探偵さんですか。わざわざ東京からいらっしゃったんですか」

「清美さんから、お姉さんの美夏さんの行方の手掛かりを捜して欲しいと依頼をされたことがご縁で、札幌まで来てしまいました」

「清美さんから依頼されて札幌まで…」

「いえ、来て欲しいと頼まれた訳ではないんです。実は、久し振りに札幌の馴染みの寿司屋で飲みたくて来てしまったというのが本音です。ただ来た以上は、役に立てればと思って清美さんとご一緒させてもらいました」

「てっきり深堀さんと二人で来るんだと思っていましたから、少し驚きました」

永川咲は、二人を奥のボックス席のテーブルに案内した。

「清美さんからのメールには、警察に行ったって書いてありましたけど、どうでした」

永川咲の言葉から、清美が警察を出た後、咲にメールをしていたことを空木は知った。深堀和哉にメールをしているものだと思っていたがそうではなかった。例の白骨化死体が姉かも知れないという不安、恐怖を、永川咲に伝えたかったのだろうかと、勝手に想像した。

「先週見つかった白骨化した死体と一緒に、私が姉にプレゼントしたネックレスが見つかりました」清美はメモに書いて咲に見せた。

「えっ」と声を上げた咲に、空木が清美に代わって説明した。

「警察は美夏さん本人かどうかの鑑定を進めると言っています」

「…その死体が、美夏ママではないことを祈ります」咲はそう言って顔を曇らせた。

空木は、メモ用紙に「ＨＴは」と書いて清美に渡すと、清美は頷いた。

「お客さんの中にイニシャルでＨＴの方がいるか教えてください」清美は咲にメモを見せた。

「ＨＴですか?」咲は空木を見た。

「以前貴女に調べていただいたイニシャルＹＭの町村康之さんと、趣味が同じ山登りだという、イニシャルＨＴと言う人が誰なのか知りたいんです。そのＨＴさんに美夏さんのことを確認することで、清美さんのある疑問が解決するかも知れないんです。協力してください」

咲は「分かりました」と言って、事務室から客の名刺が入ったホルダーを持って来た。

咲は名字がＴで始まる名刺を一枚一枚確認して、二枚の名刺を抜き出した。

「ＨＴのイニシャルのお客さんは、この二人ですね」

咲がそう言って二人の前に置いた名刺は、一枚は「田中秀己《ひでき》」北見市の北網《ほくもう》記念病院の外科医師で、もう一枚は「田代寛《たしろひろし》」大日医療器材（株）の札幌営業所所長とあった。

「このお二人の趣味を永川さんはご存知ですか」

空木は手帳に二人の名前、連絡先を控えて、名刺を清美の前に置いた。

「いえ、全く知りません」

咲はそう言うと「ちょっと待っていてください」と言って席を立って、また事務室に入って行った。

戻って来た咲が手に持っていたのは、経理の帳面だった。咲は帳面を二人の前に置いた。

「実はちょっとおかしいな、と思うことを見つけたんですが」咲はそう言って帳面を広げた。

「町村さんの会社からの入金額が随分多かったんです」

「それはここをよく使っていたからではないんですか」

空木は、町村が面会時に「やまおか」は接待でよく使っていた、という話を記憶していた。

「いえ、そうではなくて、一人当たりの単価が他のお客さんより倍近く高いんです。ママがいなくなってからもママのお給料を半年毎に口座に振り込んでいるんですけど、ママがいた頃より随分少なくなってしまったんでどうしてだろうと思って、調べてみたら町村さんが来なくなった事が原因だと分かったんですが、その額が多いなと思ってよくよく見て

みたら単価が高かっただけでなく、人数も水増ししていたようなんです。町村さんはお一人で来ることがほとんどだったのに、複数人数で来ている請求になっていたんです。町村さんがうちに来ていた三年近くが同じ状況でした。ママと町村さんの間に何かあったのかなって気になって、清美さんに話しておこうと思ったんです。美夏ママの口座への振込金額が前より随分減っているの、おかしいと思ったでしょ」

咲の説明を聞いた空木は、「YMは金に汚い」という美夏のノートを思い出したが、今の話を清美にどう伝えるのか悩んだ。

「お姉さんの口座に入金されている金額は、以前と比べて随分少ないですか」とメモに書いた。メモを見た清美は首を傾げた。

「比べてみたことはありませんが、特別少ないとは思えません。通帳は姉の部屋にありますから今度見てみます」と筆談で答えた。

空木は、咲に断って経理の帳面を捲《めく》った。

ラウンジ『やまおか』は、オーナーママの美夏を含めて給与制だったが、美夏の給与はある時期からバラツキがでていた。そのバラツキは上下の下には向くことは無かった。そして咲の言う通り、半年毎で比較すると、以前は今より三十万円から四十万円多く給与と

して支給されていた。定額制の筈の給与が変動しているのは、何故なのか。製薬会社の営業を長く経験している空木には、ある推理が浮かんだ。

町村は『やまおか』を利用して、会社の経費をコソ泥のように横領していたのではないか。請求書なのかカード支払いなのかは分からないが、水増しした請求金額を何らかの方法で自分のものにしていたのではないかと推理した。単なる小遣い稼ぎなのか、何の為なのかは分からないが、その為には店の協力がないと実現しない。それにしても支店長のポストを、小銭稼ぎのコソ泥のような悪事で棒に振るような真似をするのだろうか。

そんな推理が空木の頭に過《よぎ》ったが、それが美夏の失踪とどう関係しているのか、美夏が共犯関係にあったら……。

空木が考えていると、ボーッとしているように思えたのか、清美が空木の腕を揺すってメモを見せた。

「深堀さんと約束があるので失礼します」

空木はメモを見て「分かりました。最後にお二人に確認したい事があります」と言うと、清美にはメモで、永川咲には「美夏さんは山登りに興味をお持ちでしたか」と聞いた。

二人とも首を横に振った。

翌日、空木はレンタカーで羊蹄山の麓、半月湖畔《はんげつこ》の駐車場を目指した。山岡美夏かも知れない白骨化死体が発見された、比羅夫《ひらふ》登山口へ行ってみたかった。

札幌の中島公園から札樽《さっそん》自動車道のインターチェンジに向かう。自動車道を小樽方面に向かい、小樽を通過し余市で自動車道を下り、倶知安へ入る。倶知安市内からおよそ二十分で半月湖畔の駐車場に着いた。札幌をスタートしておよそ二時間半の所要時間だった。

空木はここから羊蹄山に二度登っている。エゾマツ、ダケカンバの樹々の中を歩き、二合目辺りからジグザグの上りになり、九合目の火口の縁《ふち》に出るまでおよそ四時間、そこから1898メートルの頂上まで一時間弱だ。一緒に登ったメンバーたちは、今も万永《まんえい》製薬の札幌支店で頑張っている事だろう。

空木は車を降りると、登山道の周囲を見廻しながら七、八分歩いてみた。掘り起こされたような跡が分かるかと思ったが、それらしい場所は見当たらなかった。

駐車場に引き返した空木は、コンビニで買った唐揚げ弁当を食べ、煙草を吸いながら考えた。

ここで見つかった白骨化死体が、山岡美夏だとしたら、何故こんなところに来たのか。

自殺か？ いや警察が死体は埋められていたと言っていた事を考えれば、自殺は考え難い。ヒグマに襲われたのか？ 山に興味を持たない女性が、一人でこんな所に来るだろうか。これも考え難い。考えられるのは、誰かと一緒に来て殺害、埋められた。若しくは、何処かで誰かに殺害されてここに埋められた。こう考えるのが妥当ではないだろうか。

もし死体が姉の美夏だとしたら、清美はどんな思いになるのだろうか、どんな思いで日々を過ごすのだろうか、と考えると空木の胸は苦しくなった。

空木は、明日東京へ帰ることにした。

札幌に戻った空木は、土手と共に薄野《すすきの》の『すし万』へ足を運んだ。

主人と女将の「いらっしゃいませ」の声に迎えられて店に入ると、「奥の部屋でお待ちですよ」と女将が空木を奥へ促した。

「二人がどうしても空木さんに会って、飲みたいって言うものですから」土手はそう言って空木の背中を押した。

「二人とも来てくれたのか」

部屋に入った空木は、驚きながらも満面に笑みを浮かべた。

二人というのは、空木が万永製薬札幌支店に在職中の後輩のＭＲで、一人は山留健一《やまどめけんいち》、もう一人は森上一行《もりがみかずゆき》といって、空木とは道内の山を何度も一緒に登っていた。

「空木さんお久し振りです」山留がぴょこんと頭を下げた。

「四年振りですね」森上もそう言って頭を下げた。

空木と山留、森上は登った山の話から始まり、アルコールが進むにつれて、空木の札幌支店でのＭＲ時代の話から、退職した時の話になった。

「空木さんは、当時所長とよく戦ってくれましたよね」山留が顔を赤らめて言った。

「あの頃の空木さんは、僕らの代表で所長に意見を言ってくれてありがたかったです。夜の八時からの売上積み上げ会議や、朝七時からのミーティング招集は酷かったですよ。空木さんが言ってくれなかったら僕らは病気になっていたと思いますよ」森上が昔を思い出して言った。

「あの所長のやり方、考え方には、お前たちより俺自身が我慢出来なかったから言っただけだよ。だからお前たちのために言ったというより、自分の為だったんだ」空木はそう言うと焼酎の水割りをグイと飲み干した。

「僕は、その所長の後任でしたから良く分かりますが、空木さんにはＭＲたちは、皆感謝

していますよ」土手はしみじみとした口調で言った。

　空木は当時の支店長から、管理職になるつもりなら上司には従えと言われ、これ以上この組織の中にいる事は出来ないと思い、退職の道を選んだ。しかし、親しい同期から言われた「逃げるのか」の言葉が、今も空木の頭から離れる事は無かった。その言葉が、後輩たちと顔を会わせることへの躊躇《ためら》いとなっていただけに、土手の「皆感謝している」という言葉は空木にとって正直嬉しかった。

「今の探偵の仕事なら、上司と戦うなんてことは無いですね」土手はそう言うと、今が旬の蝦夷バフンウニを口に運んだ。

「確かにたった一人の事務所だから上司はいないな。だから戦うなんてことは確かに無い。その分、収入は激減だ。でもMRの時以上に色んな人たちの人生に触れる機会があって、生きる喜びとか苦しさを感じるようになったよ」

　焼酎の水割りを飲み干した空木は、鑑定の結果が山岡清美の人生に影を落とすことにならないか、気掛かりだった。深堀和哉という人間の存在が、彼女の人生の大きな支えになってくれることを願った。

「空木さんの今回の仕事に、僕らが役に立つことがあれば言ってください。休日なら時間

もありますから遠慮なく言ってください」土手は、山留と森上の顔を見ながら言った。

「ありがとう……」

　空木は、少し間をおいて手帳を取り出した。

「お言葉に甘えて早速だけど、三人のうち誰か、北見の北網《ほくもう》記念病院の外科の田中秀己という先生がどんな先生なのか、登山はするのか、札幌に来る頻度はどの位なのか調べてくれないか」

「その先生が、空木さんの今回の仕事と関係しているという事ですか」

「そうとは言い切れないんだけど、可能性が無いとも言い切れないんで調べて欲しいんだ。協力してくれないか」

「北見の病院なら旭川営業所の管轄ですね」

「私の同期の上木《うえき》というのが、北見を担当しているんで聞いてみましょうか」

　山留はスマホを取り出して部屋を出て行き、程なくして戻って来た。

「何と上木が北網記念病院の担当でした。今週中に調べられる範囲で調べると言っていましたから、連絡が来たら空木さんに連絡します」

「ありがとう、山留」と言いながら空木は、まだ渡していなかった名刺を、連絡用にと山

留と森上に渡した。

「甘えついでに、もう一つ三人に頼みたい事があるんだ。いいか」

「どうぞ」土手が頷いた。

「東菱製薬の二年前までの支店長の、町村という人物の評判とか素行とか、分かる範囲で調べてみてくれないか」

「東菱製薬の前支店長ですか…」土手は以前、空木から電話で依頼された時の事を思い出したようだった。

「出来るだけの事は調べてみますから、空木さんは東京で連絡を待っていてください」

土手が焼酎のグラスを空木の方に向けて、小さく「乾杯」と声を上げると、山留と森上もグラスを持って「乾杯」と声を上げた。

はじまり

空木健介《うつぎけんすけ》が東京に戻った二日後、七月十六日に関東地方の梅雨は明けた。

空木のスマホに山岡清美からメールが届いたのは、その翌日七月十七日土曜日の午後だった。そのメールには、札幌中央署からの連絡で、羊蹄山麓で発見された白骨化死体は、姉だと断定されたと書かれ、札幌中央署の笹井刑事から送られて来たメールも添付されていた。

その笹井刑事からのメールには、山岡美夏の住所近くの山鼻歯科医院で入手した美夏さんのエックス線写真の歯形と、倶知安署管内で発見された白骨化死体の歯形が一致した。死因は不明で、事故か事件かは分かっていないので、美夏さんのマンションの部屋を見せて欲しい、と書かれていた。

清美から届いたメールを読み終えた空木は、窓外に見える梅雨明けの目が痛くなるほど真っ青な空をぼんやりと眺めていた。

羊蹄山麓の白骨化死体は山岡美夏だった。恐れていた事が現実となってしまった今、清

美はどんな思いでこのメールを自分に送って来たのだろうか、自分はこれからどうするべきなのかと考えていた時、スマホに清美からまたメールが届いた。

そのメールにはこう書かれていた。

「姉が亡くなったことが分かったので、空木さんに依頼していた調査はこれで終わりですね。これまで本当にありがとうございました」

それを読んだ空木は溜息をついた。

確かに調査を依頼された時点での最終目的は、姉の山岡美夏の行方を捜すことだったことから考えれば、清美のメールの通りだろう。

しかし、元々空木に依頼された調査は、町村康之という人物から山岡美夏の行方に関する手がかりを聞き出す事だった事を考えれば、とっくに空木の探偵としての仕事は終わっていた。それが札幌へ行き、依頼人の清美と面会し、美夏の残したノートを読み、美夏から送られてきたという四通の手紙を見て疑問に思い、警察まで一緒に行った。それは清美の役に立ちたいという思いからだったのではないか。警察も事故か事件かの判断が出来ずにいるのであれば、事故という結論が出ない限り、自分として協力出来る事を考えるべきだろう。それに札幌の土手たち後輩にも協力依頼をしていることも考えれば、今ここで自

分の仕事はこれで一件落着しました、という訳にはいかない。

そう考える空木の頭の片隅に、もう一つ気になる事があった。それは、東菱製薬の町村康之の事だった。

町村は、空木が面会した時には、既に山岡美夏の失踪を知っていた可能性が高い。何故知っていたのか。

もう一つ、イニシャルＹＭが町村だとしたら、町村は会社の金を横領していたのではないか、それを山岡美夏は知っていた。知っていたと言うより、ラウンジ『やまおか』の経営者である美夏の協力なしには出来ないことだろう。白骨化死体で見つかった美夏が、もし二年前に事故ではなく何者かに殺害されていたとしたら…。

町村と美夏がどんな関係だったのか知りたいと空木は思った。しかもその町村は、ここ東京に住んでいる。

空木は清美に姉を亡くした悲しみへの悔やみを伝えるとともに、これからも自分なりに役に立ちたい思いでいる事を伝えるメールを送った。

その日の夜、空木は『平寿司』に高校の同級生で国分寺署の刑事の石山田巌を呼び出した。

「巌《がん》ちゃん、呼び出して申し訳ないね」

　空木より少し遅れて店に入って来た石山田に声を掛けた。

「今日は非番でね。家《うち》のカミさんには空木さんのお陰で晩飯作らなくて良いから嬉しいって言われたよ。それより健ちゃんから飲みの誘いが来るとは珍しいけど、何かあったのか」

　空木は、石山田のグラスにビールを注ぎ、自分のグラスを石山田のグラスにカチンと合わせた。

「この前、ここで話した二年前の行方不明者のことだけど、白骨化死体で見つかったんだ」

　空木はそう切り出すと、個人名を伏せながら自分が依頼された調査の内容から、札幌での出来事と、そこから生じた空木の疑問を話した。

「それで健ちゃんはどうしようと思っているんだ。その疑惑の人物とやらに会って話を聞きたいということなのかい」

　石山田は、カウンターの前に出された鉄火巻きを摘まんで口に入れ、ビールを飲み干した。

「そうしたいのは山々だけど、その人物がまともに話してくれるとは思えないし、それは警察でないと出来ない事だろ」

空木は焼酎の水割りを二つ作り、一つを石山田の前に置いた。

「その通り。北海道警が事件と判断した上で、その人物を参考人として扱うことになった時、初めて参考人としての聞き取りという事になる訳だから、健ちゃんが今出来る事は、警察の判断を待つことしかないんじゃないのかな」

聞いている空木は、石山田の言う事を尤《もっと》もだと思いながら焼酎の水割りを口に運んだ。

「やっぱりそうだな。事故という判断になれば、それで一件落着だからな……」

そう言ったものの、北海道警が事故という判断をするとしたらヒグマに襲われたか、道迷いした結果の遭難死ということになるのだろうが、そんな事があるのだろうかと空木は思いを巡らせた。

「巌ちゃん、北海道警の判断を知ることは出来ないかな」

空木はそう言うと、バッグから一枚の名刺を取り出して石山田の前に置いた。

「何だい、俺に聞いて欲しいってことなのか」

石山田は名刺を手に取って言った。

その名刺は、札幌中央警察署刑事部捜査第一課係長、笹井の名刺だった。

「そうしてくれると嬉しいね。俺が電話で聞いても教えてくれる筈は無いし、同じ刑事の

巌ちゃんなら教えてくれるんじゃないかと思うんだ。どうかな」

「そんな簡単にいく訳ないよ。北海道警であろうがどこの警察であろうが、捜査に関わる事は、外部には簡単には話はしないからね。まあ、健ちゃんがそれ程気になっているんだったら何か聞き出す方法を考えてはみるけど、北海道警も結論を出すまでには時間がかかるだろうから、しばらく時間が経ってからになるね」

石山田の話を聞いていた空木の前に、パスタが置かれた。

「空木さん、難しい顔になっていますよ。平寿司特製パスタを食べて明るい顔になって下さい」店員の坂井良子はそう言ってニコッと微笑んだ。

「俺、そんなに難しい顔になっていたのか」

「それだけ真剣だっていう事だよ」

石山田は、焼酎を飲み干すと、前に置かれたちらし寿司に箸をつけた。


山岡清美のスマホに、札幌中央署の笹井刑事からメールが届いたのは、七月十七日土曜日、清美が働く理容店での昼の休憩の時間だった。

そのメールを見た瞬間、こんな時が来るかも知れないと心の準備はしていた清美だった

が、体は凍り付いたように固まり、その顔は強張った。

店主夫婦も清美の変化に気付いた。

「姉が羊蹄山の麓の山中で、白骨化した死体で見つかりました。警察が姉の部屋を見たいと言っていますので、午後から休ませてください」

清美はメモに書き、店主夫婦に見せた。清美の目には涙が溢れた。

気配を感じていた主人は、メモを見て「えっ」と声を上げ、顔を曇らせた。そして「しばらく休んで良いよ」とだけ書いたメモを清美に渡した。

深堀和哉に連絡を済ませた清美は、自分の部屋に帰ると、思い出したかのように空木のスマホに、笹井刑事からのメールを添えて白骨化死体が姉であったことを伝えるとともに、調査の御礼と終了も空木に伝えたのだった。

そして、清美からの連絡を受けて迎えに来た、深堀和哉の車で札幌市中央区の姉のマンションに向かい、札幌中央署の笹井刑事と待ち合わせた。

和哉に訝《いぶか》しげな眼を向ける笹井に、和哉は清美の友人であり手話が少しではあるが出来る事を説明した上で、部屋の捜索に清美と共に同行することの了解を得た。

美夏の部屋の捜索に来たのは、失踪から二年近くが過ぎていることもあるのか、笹井の

他刑事一人と、鑑識課員一人だけだった。

「お姉さんがここからいなくなったのは、一昨年の九月の中旬ということですが、掃除は何度もされているんですか」笹井は眼鏡を直しながら、部屋の中を見廻して聞いた。

和哉はジェスチャー交じりの手話で清美にそれを伝えると、清美は「月に一度は掃除にきている」と和哉に伝えた。

「鑑識の出番はなさそうですね、係長」

もう一人の刑事が笹井に話しかけると、後にいた鑑識課員が、「そうですね。二年近く経過していますからね」と答えた。

「妹さんに、お姉さんが置いて行ったという手紙はどこにありますか、と聞いてくれませんか」笹井が和哉に顔を向けた。

和哉から伝えられた清美は、リビングの物入れの引き出しから折畳まれたA４サイズの紙を取り出して笹井に渡した。

「これですか。この置き手紙は、あのパソコンとプリンターで作られたんですかね」

そう言った笹井は、部屋の隅に置かれているパソコンに目をやり、鑑識課員に念のため指紋の採取をしてみるよう促した。

「ところであなた以外にこの置手紙に触られた方、読まれた方はいらっしゃいますか」

笹井が作業に入った鑑識課員から清美に目を移して聞くと、清美は和哉を見た。和哉が笹井の質問を伝えると清美は、「私しか見ていません」と伝えた。

「深堀さんも見ていない？」

笹井が和哉を見ると、和哉は「見ていませんし、触ってもいません」と首を振りながら答えた。

「係長、パソコンもプリンターもダメですね。何も出ません」

鑑識課員は笹井にそう言うと作業を止めた。

「やっぱりダメか。……もしかするとこの手紙から指紋が取れるかも知れないな…」

笹井は誰に話すのでもなく呟くように言うと、手袋をした手で鑑識課員にその手紙を渡した。

「二年前の紙でしたら取れるかも知れませんね」鑑識課員も同じように言った。

指紋が最も長く残るものは、紙類だと言われている。ガラス、プラスチック、ビニール、金属などは二、三か月で指紋は消えてしまうが、紙類は保存状況によっては何十年も消えずに検出できることがある。笹井も、鑑識課員もその事を知っていての話だった。

「妹さんの指紋を取っておけよ」

鑑識課員に指示したその笹井の言葉には、必ず清美とは別人の指紋が残っているという確信があるかのように力がこもっていた。

「妹さんにもう一つ確認させていただきたい事があるんですが…」

笹井はそう言うと玄関口へ向かった。

「お姉さんは発見された時、ジーンズを穿いていたんですが、靴は履いていなかったんです。現場付近にも見つかりませんでした。お姉さんはジーンズで出かける時には、どんな靴を履いて出かけていたのか、ご存じありませんか」

和哉から笹井の質問を伝えられた清美は、「スニーカーかサンダル」とメモに書いて和哉に渡すと、玄関口の靴入れを覗いた。そして、中にあるスニーカーとサンダルを指差した。

「靴はやっぱり履いていなかったのか…」

「係長、ここに残っているという事はどういう事でしょう」

「妹さんの言った靴以外を履いて行って、何処かで脱いだのか、ここから裸足で出かけたか…」

「裸足で出かけるなんて火事でもあるまいし、考えられませんよ、係長」

「その通りだ。考えられる事は、ここで殺害されて羊蹄山まで運ばれて埋められたと推測するのが妥当だろう」

笹井はリビングに戻ると、床や壁に顔を近づけて何かを捜すかのようにじっと視線を動かした。

その様子を見ていた清美は、何かを察したのかダイニングテーブルの椅子に座り込んだ。どのぐらい笹井たちが、床を這いずり回っただろう。立ち上がった笹井が、ずれかかった眼鏡を直して言った。

「綺麗に掃除されていますね。毛髪一本落ちていませんね。ところで、お姉さんが残していった物は、他に何かありませんか」

和哉は清美の顔を見て、どうするという様に首を傾げると、清美は和哉の意図することが分かったのか頷いた。

「刑事さん、お姉さんが残していった、仕事に関して日記のように書かれたノートがあるんですが…、お姉さんはもしかしたら…」

「美夏さんは、ここなのか何処なのか、はっきりしませんが、亡くなられてから倶知安の羊蹄山の麓に遺棄された可能性が高いと思われます。そのノートをしばらくお借りさせて

いただきたいのですが、今お持ちですか」

　笹井が話し終わるのを待っていたかのように、清美は三冊のノートを笹井に渡した。

　清美から調査終了のメールが届いた翌週の水曜日、空木は久し振りに奥多摩の鷹ノ巣山に登山に出掛けた。

　水根沢ルートを四時間登って頂上に着いた時、スマホにメールの着信音が鳴った。札幌の土手登志男からのメールで、連絡が欲しいとだけ書かれていた。恐らく空木が尾根道に出るまで、土手からの電波は届かなかったのだろうと空木は想像した。

　標高１７３６メートルの鷹ノ巣山の山頂からは、スマホの電波は立ち土手に繋がった。

「空木さん、今日訳の分からない電話がかかって来ましたよ。電話の相手は例の町村と名乗っていました」

「なにっ、町村から電話だって」

　空木の声に、山頂にいた数人の年配のハイカーが振り向いた。

「それで町村は何と言っていたんだ」

　視線を感じた空木は、声を押えてハイカーたちに背を向けた。

「山岡美夏さんの身内の方ですねって聞かれて少し慌てましたが、空木さんから言われていた事を思い出して「はい」と答えました。そしたら、こう言っていました。「手紙をいただきましたが、全く覚えがない事なので、東京に来られてもお会いするつもりはありません」と。空木さんは何の事か分かりますか。僕には当然ですが、訳が分からないことなので黙って聞くだけでしたが、町村という人の電話は一方的に切れました」

「そうか分かった。俺にも意味が分からないが……。まさか町村から土手に電話があるとは思わなかった。面倒掛けて申し訳なかったが、連絡してくれてありがとう」

電話を切った空木は、カップ麺を腹に入れたが、味が分からないほど慌てて食べた。

下山《げざん》は、石尾根縦走路を奥多摩駅に下った。

長い下山路を下りながら空木は、町村に届いた手紙とは何の事なのか、誰が何のために出したのか。そしてその手紙を読んだ町村が、土手に「会わない」という電話を慌ててするということは、その手紙にはどんな事が書かれていたのか、山岡美夏に関する事に違いないだろうが…。清美が出したのか、考え続けた。

町村に手紙を出すことが出来る人間は、その住所を知っている人間、つまり清美という事になる。清美だとしたら清美は何のために町村に会いに来るのか。姉の失踪の、いや亡

くなった事の手掛かりが掴めたのだろうか。

奥多摩駅から国立駅への帰路の電車の中から、空木は清美に「町村康之さんに手紙を出しましたか」と単刀直入にメールを送ったが、国立駅に着くまでに清美からの返信はなかった。


空木は山行からの帰りには、『平寿司』で一杯飲むことを大の楽しみにしていた。そして今日もその『平寿司』の暖簾をくぐった。

「今日は山登りに行って来たんですか。お疲れ様でした」

店員の坂井良子がそう言いながら、ビールを空木の前に置いた。

空木が鉄火巻きと烏賊刺しを注文し、喉を鳴らしてビールを一杯、二杯と立て続けに飲み干すとスマホが震えた。清美からのメールかとスマホを見た空木は「巌ちゃん？」と呟いて店の外に出た。

「健ちゃん、うちの課長が札幌中央署に聞いてくれたよ」

石山田からの電話は、北海道警が山岡美夏の白骨化死体を事故か事件か、どう判断するかについての情報が入ったという意味だと空木は直感した。

「えっ、課長ってことは、上司が聞いてくれたのか。それは申し訳ないやら、嬉しいやらだよ。それでどうだった」

「札幌に捜査本部を立ち上げたそうだ」

「捜査本部……。ということは殺人事件という判断をしたということか」

「いや、殺人とは断定していないようだ。死体遺棄事件として本部を立ち上げたそうだよ。ただ、うちの課長が言うには、札幌中央署は当時救急車の要請もなかった事から事故死とは考えていないような言い方だったと言っていたよ」

空木は、石山田に面倒を掛けた礼を言って電話を切ると店に戻った。

空木がビールから焼酎の水割りに変わった頃、入口の格子戸が開いた。

女将の「いらっしゃいませ」の声に迎えられて入って来たのは小谷原《こやはら》だった。

「あれ、小谷原《こやはら》さん今日は水曜日ですよ」

金曜日の来店がお決まりだった小谷原に、空木は壁に掛けられた日めくりのカレンダーを見ながら声を掛けた。

「ほら明日からオリンピックに合わせて祝日が移動になって四連休でしょう。だから今日飲みに来た訳ですよ」

小谷原は空木の隣に座り、ビールと三種盛りを注文した。

「そうか、そうでしたね」

空木は、改めて今週の金曜日が東京オリンピックの開会式だったんだと気付かされた。会社を退職した後は、時間の感覚がスローになったのと同時に、休日の感覚が極めて薄くなった。土曜、日曜は一週間のサイクルとして、それでもまだ認識しているものの、祝日となるとほとんど意識の中に無かった。

「空木さん、その姿格好ということは、今日は山帰りですか」小谷原は空木の登山靴を見て言った。

「ええ、奥多摩の鷹ノ巣山からの帰りなんです」

「平日の山登りですか。良いですね、羨ましいですよ。ところでこの前空木さんと話した札幌の産婦人科の件はどうなりました。分かりましたか」

そう言うと小谷原は、空木の酔いのペースに合わせるようにビールを一杯、二杯と立て続けに飲んだ。

「まだ確認していないので分かりませんが……」

空木は返事をした時、もしかしたら清美たちが産婦人科医院に出した手紙にどこかの産

婦人科医院から反応があって、その事が町村への手紙に関係しているのではないか、という推理が過《よぎ》った。

空木は、清美に「手紙を送った産婦人科医院から反応はありましたか」というメールを再度送った。

清美の働く理容店の閉店時間はとうに過ぎている筈だったが、清美からの返信は無かった。

上京

事務所兼自宅に戻った空木は、ベランダに出て焼酎で火照《ほて》った体を風に当てた。国分寺崖線の上に建つマンションの四階に吹く風は、この季節決して心地良いとは言えなかったが、この時間になると幾分涼しげに感じた。

空木は煙草の煙を燻らせながら、もう一度思考回路を回した。

町村康之に手紙が届き、町村が慌てて土手に連絡したということは、その手紙は山岡美夏に関しての事に間違いない。山岡美夏を知り、町村の住所を知っている人間は妹の清美しかいない。手紙を出した人間は山岡清美だ。

清美が何故、何のために手紙を出したのか、考えられる理由は、問い合わせをした産婦人科医院のどこからか美夏に関する返事があり、それに町村が関わっていると清美が考えたからではないだろうか。さらにその事が姉の死に何らかの形で関わっていると思ったからではないだろうか。

考えている空木には、別にもう一つ疑問が湧いていた。

石山田は、札幌中央署に死体遺棄の捜査本部が設置されたと言っていたが、死体遺棄なら遺棄現場を管轄する倶知安警察署に設置する筈なのに、何故札幌中央署に設置したのか、ということだった。札幌中央署は、山岡美夏は札幌市内で殺害されて現場に遺棄されたと判断したからではないだろうか。

空木が部屋に戻ると、スマホにメールの着信があった。それは清美からのメールだった。

「町村さんへの手紙については、深堀さんから改めて連絡があると思います。姉の受診の問い合わせをした産婦人科医院さんについては、空木さんのお陰で全ての医院さんから返信がありました。結果として、姉が中央産婦人科医院を受診したことが分かりました。姉は妊娠していたそうです」淡々と書かれたメールを見て空木は、「妊娠していたのか」と呟いた。

その夜、空木は夢を見た。空木は清美と共に男に会っていた。その男は空木の知らない男だった。言葉が話せない筈の清美が、その男に問い詰めるように聞いた。

「あなたが姉を妊娠させたのではないのですか」

男は返事をしなかった。清美はさらに男に問いかけた。

「その姉が邪魔になって殺したのですか」

男は清美を睨みつけ、そして無言で清美に襲い掛かった。それを見た空木が清美をかばったところで目が覚めた。

朝の六時を回ったところだった。シャワーを浴びた空木が事務所のパソコンを開くと、昨夜のうちに札幌の二人の後輩からそれぞれメールが届いていた。

後輩の一人の山留健一からは、北網《ほくもう》記念病院の外科医師田中秀己について、空木が依頼した二つの調査結果のメールだった。

病院を担当している上木《うえき》というMRの話によれば、田中医師には山登りの趣味は無く、記憶にあるのは小学校の遠足で札幌市内の藻岩山《もいわやま》に登ったことぐらいであること。そしてもう一つの調査依頼である札幌への行き来については、月に一度札幌の大学の医局に顔を出していると書かれていた。

空木は山留への返信には、お礼と共に田中医師がラウンジ『やまおか』にどの位行っているのか、東菱製薬の前支店長の町村という人物を知っているのか、聞ける機会があれば聞いてみて欲しいという依頼をしておくことにした。返事に期待はしていなかったが、どういう答えが返って来るのかは知りたかった。

もう一人の後輩森上一行からのメールも、札幌支店長当時の町村の素行、評判に関して

空木が依頼した事の調査結果だった。森上が聞き出せた東菱製薬のMRの話によれば、当時町村は特約店の幹部とはかなり頻繁に飲みに行っていたようだが、支店の社員つまり部下とも、たまに飲んでいたようだったと書かれ、仕事振りについてはよく分からないが、北見地区に行くことが多かったようで、北見にお気に入りのお店があるのではないかと噂になっていたようだと書かれていた。

空木はトーストとコーヒーの朝食を食べながら、町村が北見へよく行っていたという一文が、北網記念病院の田中医師との繋がりを意味しているのではないかと考えた。北網記念病院は北海道の北東部、北見市と網走市の中間地点に位置している。

二人には接点があった可能性が高いが、空木にはそれが何を意味しているのか、全く見当もつかなかった。

空木は窓を開け、ベランダに出た。梅雨明け十日というが、晴天の今日も暑くなりそうだった。

美夏の三冊のノートに書かれていた、イニシャルYMと親しいというHTが仮に田中医師だとして、その田中医師が美夏の失踪を誰よりも早く知っていたとしても、それを何故わざわざ東京にいる町村に知らせる必要があったのか。世間話の一つとして話したとした

ら、二人はかなり親しい関係だという事になる。

山岡美夏はどこかで死亡して羊蹄《ようてい》山麓に遺棄された。つまり失踪を早くから知っていたということは、美夏の死に関わっていた可能性が疑われても不思議ではない。だとしたら、美夏の失踪の件は誰にも話さないのではないだろうか。それにも関わらず町村が美夏の失踪を知っていたということは、HTから聞いたかどうかに関係なく、町村は美夏の死に関わっていた可能性があるのではないか。町村は警察の言う重要参考人だ。

HTから聞いたということであれば、二人とも重要参考人だが、YMと親しいHTは登山をするが、田中医師には登山の趣味はないらしい。もう一人のHTは調べていないがどうなのだろう。

空木がもう一人のHTの名刺をメモした手帳を改めて見ようと部屋に戻った時、スマホが鳴り画面に深堀和哉の名前が表示された。

「空木さん深堀です。朝早くから申し訳ありません。今から空港に行かなければならないので、こんなに朝早い時間の電話になってしまいました。清美さんから、手紙の件で空木さんに連絡して欲しいと頼まれましたが……」

深堀の声は、町村に出した手紙の事を、空木が何故知っているのか警戒しているような

口調なっていたが、空木にはその口調よりも、深堀が言った「空港へ行く」という言葉の方が気になった。

「深堀さん、何故私が町村さんへの手紙の事を知っているのか疑問なんでしょうが、私にとっての疑問は、その手紙を清美さんが何のために出したのかなんです」

「……、手紙を出したのは清美さんではなく僕が勝手に出しました」

和哉は、以前空木が清美に報告した町村の住所を知っていた事を空木に話し、中央産婦人科医院からの返信で、美夏が妊娠していた事実を知った事をきっかけに、町村に会わなければならないと思い手紙を出したと説明した。

「あなたが手紙を出したんですか…、それで今から町村さんに会うために東京へ行くつもりなんですね。会ってどうするつもりですか」

「美夏さんが亡くなっていた事を伝えて、町村さんが妊娠させた相手なら、美夏さんの死に対して何らかの形で償いをする責任があることを話すつもりです」

「償い？それはどういうことを意味するんですか」

「それは……、妹の清美さんに悔やみを述べて、墓前で手を合わせて詫びてもらえればそれで良いと僕は思っています」

和哉の話を聞いて、町村が土手を通じて言った「自分には覚えのない事」という意味が、空木はやっと分かった。和哉の出した手紙には、美夏を妊娠させたのは町村ではないか、と書かれていたに違いないと。

「深堀さん、あなたは勝手に手紙を出したと言いましたが、清美さんはあなたの考えと同じなんですね」

「勝手に手紙を出したことは謝りました。でも清美さんも町村さんに疑念を抱いています。僕の考えには分かったと言ってくれました」

「そうですか。しかし町村さんは、私の知人を通じて、「自分には身に覚えのない事だからあなたに会うつもりはない」と伝えてくれと言っています。どうやって会うつもりなんですか。それに会えたとしても、美夏さんとの関係を否定されたらどうするつもりなんですか」

「……、とにかく会えるまで町村さんの家に、今日からの四連休の間は会いに行くつもりです。否定されたら…」

和哉は言葉に詰まった。町村が美夏を妊娠させた相手だと確信しているからなのか、返事に窮した。

空木は、和哉が思い込みと感情の勢いのまま行動しようとしていることに、危《あや》うさを感じると同時に不安を覚えた。何が不安なのかは分からないが、美夏の死に町村が関係していたら、和哉の執拗な訪問に町村がどう反応するのだろうか、妄想なのかも知れないが漠然とした不安が頭を過《よぎ》った。

「深堀さん、私と一緒に町村さんに会いに行きましょう。私は一度町村さんに会っていますから、私が会いたいと言えば会ってくれるかも知れません。家の場所も知っています。いかがですか」

「本当ですか。ありがたいです。是非お願いします」

和哉の声が急に明るく、そして大きく空木の耳に響いた。

空木は、今日の午後三時に中央線の武蔵小金井駅北口での待ち合わせを約束して、和哉との電話を終えた。


空木が武蔵小金井駅北口に、約束の時間の少し前に着いた時、深堀和哉はベージュのコットンスラックスに白の半袖のポロシャツという姿で、黒いリュックサック風のバッグを肩に掛けて立っていた。

深堀は空木を見て深く一礼した。空木はその姿を見て軽く手を上げた。

「遠いところお疲れ様でした。ところで深堀さん、手紙には会いに行く時間は書いたんですか」

「いいえ、今日会いたいとだけしか書いていません。それと…、僕の名前は手紙には山岡和哉、弟として差し出しています」

「……住所は」

「札幌市とだけしか書いていません」

「何故、弟と書いたんですか。町村さんは美夏さんの家族構成を知らないんですか」

「分かりません。でも知っていたら妹の清美さんが聾者《ろうしゃ》だということも知っている筈で、その清美さんが一人で会いたいというのは不自然ですし、僕としては町村さんとの面会には清美さんを巻き込みたくなかったんです。仮に家族構成を知っていたとしても何とでも言えますから……」

空木は、和哉の言葉に、清美への強い想いを改めて知らされた。

空木は予め、住所から町村の自宅の電話番号を調べていた。スマホからその電話番号を押した。

空木は、町村が土手登志男の携帯に電話をして来た際に使っていた携帯の番号は、土手から聞いて承知していたが、敢えて自宅の固定電話にかけた。それは町村に、「いつでも家に行きますよ」という空木の探偵としての矜持《きょうじ》を示したかったからだった。

電話には奥さんらしき女性がでて町村に取り次いだ。町村は在宅していた。

「空木さんですか…。私の家の電話番号をどこで知ったのですか」

町村の声は驚きと疑念が混じりあっていた。

「一応私も探偵の端くれなので電話番号ぐらいは調べる事はできるんです」

「……それでご用件は」

「それは直接お会いしてお話ししたいのですが、今からお会いしていただけませんか」

「今からですか。電話で済ませる事は出来ませんか」

「町村さんはもうご存知かも知れませんが、山岡美夏さんが白骨化死体で見つかりました。その美夏さんの事でお話しを聞かせていただきたいのですが、何なら近くまで来ていますのでご自宅にお邪魔しましょうか」

「………いや、家《うち》に来るのはちょっと困りますから外でお会いしましょう。空木さんは今どこに居らっしゃるんですか」

「武蔵小金井の駅です。三十分後に小金井公園の江戸東京たてもの園の入り口の前でいかがですか」

空木は半ば強引に約束を取り付け、深堀和哉と共に駅から一キロほど北に位置する小金井公園に向かった。

小金井公園は都立公園の中でも広さ八十ヘクタールと最大の広さの公園で、およそ千八百本の桜が植えられている桜の名所でもある。この広大な公園で一番分かり易い場所が、空木が約束した江戸東京たてもの園だった。

町村はたてもの園の入口に立っていた。空木を遠目に見つけると町村は近づいて来た。

「空木さんでしたね。いつぞやはご苦労様でした」

町村は東菱製薬の本社での面会の事を言っていたが、頭を軽く下げたその態度はさっきの電話での口調とは違って落ち着き払っていた。

その町村が、空木の後ろにいる深堀和哉を見て訝《いぶか》し気な視線を送った。

その視線を感じた空木は、和哉を紹介した。

「山岡美夏さんの弟さんの山岡和哉さんです」

瞬間、町村は顔を紅潮させた。

「弟さん…、会わないとお伝えした筈です。『やまおか』のママの身内という方にお伝えしたはずですが、伝わっていなかったのですか。どういうことですか空木さん」

顔を紅潮させた町村は、空木を睨みつけた。

空木は後ろに立っている和哉を振り返りながら、弟という空木の紹介に何の疑いも見せずに怒る町村は、美夏の家族構成を知らない事がわかったというように頷いて見せた。

「あなたが会わないと言われたのは、和哉さんであって私ではないですよね。和哉さんは私とあなたの話を聞いているだけですから、ここには居ないものとして無視して下さい」

「無視しろと言われても、私が美夏ママを妊娠させた相手だなんて書いてくる人とは…」

「町村さん、あなたに関係のない話ならそこまでムキにならなくても良いんじゃないですか。それともその件とは別に会いたくない理由でもあるんですか」

「そんなものはありませんが、私はただ気分が悪いと言っているだけです。……分かりました、そこまで言われるなら空木さんとだけ話をしましょう」

空木と町村は、真夏の暑い陽射しを避けて桜の木の下のベンチに腰掛け、和哉はベンチの後ろに少し離れて立った。

「町村さんにいくつか確かめたい事があります。あなたは私と東菱製薬の本社でお会いした時には、既に『やまおか』のママ、山岡美夏さんの失踪をご存知だったようですが、それをいつ知ったのか、誰から聞いたのか教えていただけませんか」

「……あなたが会社に訪ねてきた日に、あなたから聞いたのが初めてでした。あなたから聞くまでそんなことになっているとは全く知りませんでした。空木さんも知っての通り私はあの年の十月一日には東京に居ましたからね」

空木は町村の返答に一瞬の躊躇《ためら》いがあったことを感じた。

「そうですか、分かりました。もう一つお聞きしたいのですが、和哉さんからの手紙でご承知のように美夏さんは妊娠していました。弟さんも妊娠させたのはあなたではないかと疑っています。あなたが自分ではないと言うなら、美夏さんとそういう関係になる男性に心当たりはありませんか。以前本社でお話しを聞いた時に、美夏ママを目当てに来る客がいるような事を話していましたよね」

「絶対に私ではありませんし、心当たりもありません。何故私が彼女とそんな関係になっていたと言うんですか。心外です」町村は眉間に皺を寄せて言った。

「町村さん、あなたは美夏さんに協力してもらって会社のお金を着服、いや横領していた

のではありませんか。私はたまたま『やまおか』の帳簿を見る機会がありました。あなたは三年近くの間に二百万円近いお金を、お店の請求金額を水増しすることで横領していたのではありませんか。そうだとすれば、あなたと美夏さんの関係は、尋常の関係とは言えませんよね。そういう関係のあなたなら美夏さんと深い関係になってもおかしくありませんし、そういう関係になりそうな人物にも心当たりがあっても何ら不思議ではないと思いますが、いかがですか」

「……………」

空木の話を聞いているのかどうか、町村は真っ直ぐ正面を見つめていた。

「空木さん、人を侮辱するのもいい加減にしてください。そんな根も葉もないことを、仮にも支店長だった私に言うとは、あなたの人間性を疑います。もうこれ以上あなたと話す事はありません。帰らせていただきます」

町村の顔は真っ赤に紅潮し、その声は近くを散歩している年配夫婦が振り返るほどだった。

「組織の中で支店長も経験され、今は本社の部長となったあなたなら分かる筈です。部下は上司を選べませんが、上司を見る目は誰よりも厳しいものがあります。嘘をつく人間は

上司になってはいけません」

空木は町村の興奮した状態を見て、推測が当たったと思いながら静かな口調で話した。

「あなたに説教される覚えはありません。失礼します」

町村はそう言ってベンチから立ち上がった。

「町村さん、最後にあと一つ聞かせて下さい。イニシャルＨＴの知り合いとは誰のことですか。北網記念病院の田中秀己先生をご存知ですね」

「イニシャルＨＴ?…何の事なのか全く分かりませんね。私はこれで失礼します。もう二度とお会いすることはないでしょう」

町村は捨て台詞のように言って足早に立ち去った。

時刻は四時半を回っていたが、三十度を超える暑さの中、公園を散策する人はたくさんいた。

二人の話を聞いていた和哉が、空木の横に座り「空木さんありがとうございました」と頭を下げた。

「残念でしたが、妊娠させた男は町村さんでは無さそうですね」

「そうでしたね。これと言った収穫は無かったですね。空木さんが予想した通り全て否定

しましたね」

「収穫が無い訳ではなかったと思いますよ。これからどうするか相談しましょう。深堀さんは今日どうされますか。どこかに泊まられるんですか」

「立川のホテルを予約してありますが、これ以上東京に居ても仕方なさそうなので、今日の夜の便で札幌へ帰ろうかなとも考えているところです」

「この四連休ずっと東京にいるつもりでしたよね」

「ええ、町村さんに会って話を聞けるまで居ようと思っていましたから、ホテルも予約しましたが、空木さんが全て話してくれたので、これ以上居ても無駄かなと」

そう言う和哉の顔は、何か寂しげに空木には見えた。

「深堀さん、今日これから私の行きつけの寿司屋に行きませんか。立川のホテルもキャンセルして、汚いですけど私の部屋に泊まって行ってください。さっきも言ったようにこれからどうするか、ゆっくり相談しましょう」

和哉は空木の言葉に、驚いたような顔の中に、嬉しさとほんの少し困惑の色を浮かべて空木を見た。

「そう言っていただくのは、ありがたいですし嬉しいですが、空木さんのお宅に泊まるの

は遠慮します。でも寿司屋さんには連れて行ってください」

五時近くなった公園には、犬の散歩に歩く人が増えてきた。空木は、きっと今日の夜のオリンピックの開会式を見る為に、犬の散歩を早めに終わらせようとしている人たちなのだろうと、勝手に想像した。


二人は武蔵小金井駅に戻り、中央線の下り電車で国立駅に向かった。

「いらっしゃいませ」の平寿司の女将の声に迎えられて店に入った二人は、カウンター席に座った。

「空木さん、今日は若い方と一緒なんですね」女将はニコニコしながら言った。

「そうなんだ、北海道から来た深堀さんと言うんだ。宜しく頼みます」

「あら、北海道からわざわざこんな所に来てくれたんですか。ありがとうございます。深堀さんは、北海道のお生まれなんですか」

女将はビールを二人の前に置きながら聞いた。

「はい、遠軽《えんがる》の生まれです。あ、遠軽と言っても分からないですよね」

女将は知らないという様に首を傾《かし》げた。

「遠軽ですか、知っていますよ。瞰望岩《がんぼういわ》と自衛隊の町ですね」

空木は和哉のグラスにビールを注ぎながら言った。

「空木さんよくご存知ですね。行かれたことがあるんですか」

「ええ、札幌にいる頃二回ほど行きました。一回は仕事で、もう一回はプライベートで斜里岳に登りに行く途中で寄ったんです。深堀さんは遠軽生まれなんですか。札幌にはいつから」

そう言いながら空木は、ビールの入ったグラスを和哉のグラスと合わせて一気に飲み干した。

「高校を卒業して、遠軽の自衛隊に入ったんです。自衛隊にいた七年の間に重機の免許を取らせてもらい、その後、今勤めている北遠土木工業という、遠軽出身の社長の会社にお世話になることになって、札幌へ来たんです」

「そして、理容店で清美さんと出会ったという訳ですか」

「ええ、まあ…」

和哉は照れくさそうに慌ててビールを口に運んで飲み干した。そして空木のグラスにビールを注ぎ、自分のグラスにも手酌で注いだ。

「ところで空木さんは、今日の町村さんとの面会で何か掴んだんですか。収穫があったようなことを言っていましたよね」

「具体的に明らかな収穫があった訳ではないのですが、横に座っていてあの人の動揺が収穫でした。妊娠のことは兎も角として、美夏さんの失踪の事は早くから知っていた、若しくは早くから知っていた人から聞いていた筈です。それと会社の金を横領していたのも間違いないと思います。恐らく、美夏さんの死についても何か知っているか、もしかしたら関わっているかも知れないと思います」

「でも、町村さんが全て否定している以上どうにもならないでしょう」

「その通り、これ以上どうにもなりません。私たちではね」

「私たちでは……」

「深堀さん、札幌に戻ったら警察に町村さんの事を話してみてくれませんか。警察が死体遺棄事件としている以上、町村さんへの聞き取りはする筈です。警察の聴取にどこまで知らないと言い通せるのか分かりませんが、何かしらの進展があるような気がします。いかがですか」

空木はカウンターに置かれたゲタに乗った鉄火巻きを摘まみ、ビールから焼酎の水割り

に変えて飲み始めた。

「警察にですか……警察と言えば、昨日札幌を出る前に、清美さんから連絡が来て、警察からノートに書かれているYMとは誰なのか知っていたら教えて欲しい、と聞いてきたので町村さんの名前と住所を教えたという事でした」

「警察がYMを聞いて来たんですか…。あのノートを警察も読んだんですね」

「先週の土曜日に、白骨化した死体がお姉さんだと断定されて、お姉さんの部屋の捜索に来た時に、お姉さんが残した置手紙と一緒に三冊の例のノートも持って行ったんです。町村さんの事は、空木さんの言う通り札幌に戻ったら警察に話してみます」

二人はしばらくの間、和哉はビールを、空木は焼酎を飲んだ後、「おまかせにぎり寿司」で腹を満たした。そしてお互いに別れを告げ、和哉は立川へ、空木は事務所兼自宅のあるマンションへそれぞれ帰った。

容疑者

　笹井たちが、山岡美夏の部屋の捜索から持ち帰った置手紙からは、笹井たちの期待通り山岡清美以外の指紋も複数採取された。しかし、それが死んだ美夏の指紋なのか、別人のものなのかは、死体が白骨化しているため判別は出来なかった。ただ鑑識の報告書には、指紋の指の太さから一つは男性の可能性が高いとされた。

　札幌中央署の刑事部捜査第一課課長の飯住《いいずみ》は、笹井らからの報告と指紋の鑑定結果を受け、現時点では他殺か事故死かの断定は出来ないものの、事故や病死なら当該年齢の女性の救急搬送の記録が残っている筈だがそれが無い事、さらには羊蹄山麓で発見された死体付近からは靴も発見されていないことから、事件性が高いと判断し、倶知安警察署及び北海道警察本部と協議した上で、札幌中央署内に死体遺棄事件として捜査本部を設置することとした。しかし、死体遺棄から二年近く経過しているため、緊急性は低いと判断し、捜査員の人数は署長を本部長とするものの、副本部長の飯住の他笹井を含めて十名程度の捜査員規模となった。

捜査本部は、山岡美夏の顔写真を妹の清美から入手し、二年前の失踪の手掛かりを求めてマンションの住人、周辺の聞き込みという遅まきながらの地取《じど》りと、ラウンジ『やまおか』の従業員そして客への聞き込みを行う事とした。

また、倶知安署は美夏が失踪した二年前の九月中旬から十月の初旬までに、比羅夫《ひらふ》登山口から羊蹄山に登ったと思われる登山者に、登山届を基に聞き込みを行い、異変を感じるような事はなかったか聞き取る事とした。

捜査本部の方針が飯住から出されたこの頃に、警視庁国分寺署の刑事課課長である浦島という男から電話があった。浦島は飯住の警部昇任試験合格後の警察学校での研修で同期の男だった。

部下の石山田から相談を受けた浦島は、札幌中央署と聞いた時、警部研修同期の飯住を思い出し、その偶然に驚いた。どの程度話してくれるか疑問だったが、久し振りに旧友と話す事を楽しみに電話をしてみる事にしたのだった。

その結果、札幌中央署に捜査本部が設置されたことを知る事が出来、それが石山田を介して空木に伝えられることとなったのだった。

笹井は、清美から預かった美夏の残した三冊のノートを読んでいく中で、イニシャルと思われるアルファベットや記号のようなものの中で、数多く書かれているYMとその後《うしろ》に書かれている数字が何を意味したものなのか大いに興味を持った。

そしてラウンジ『やまおか』の従業員や客に聞き込みをする前に知る事が出来ればと思い、ダメ元と思いながら清美にYMが誰で、そして数字が何を意味しているのかメールで尋ねてみたのだった。

結果、笹井の予想に反して、清美からYMというアルファベットが町村康之という人物と思われる事、そしてその人物の現住所まで知る事が出来た。しかし、清美にも数字の意味は分からなかった。

笹井は、清美が聾者《ろうしゃ》のハンディを持ちながら、この町村と言う人物の住所まで、どのように調べたのか不思議に思えたが、恐らくラウンジ『やまおか』の従業員から知ったのだろうと勝手に想像した。

捜査本部が設置されたその日のうちに、笹井はもう一人の刑事とともに、ラウンジ『や

まおか』の従業員であるチーママの永川咲と面会した。

咲は山岡美夏が白骨化死体で発見された事は、清美から伝えられて知ってはいたが、その死体が遺棄された可能性が高いと聞かされると「えっ」と言って驚いた。

二年前、ママの美夏の身辺に変わったことが無かったかという笹井の問いに、咲は首を横に振った。

笹井は、「やまおか」がオープンしてから以後、店が入手した客の名刺が入ったホルダーから、町村の名刺を確認した。その名刺は東菱製薬札幌支店支店長の名刺だった。笹井は咲に町村の現住所を知っているか聞くと、咲は何故私にそんな事を聞くのかという顔をしながら、また首を横に振った。

笹井は改めて、清美がどこで町村の住所を知ったのか不思議に思えたが、咲にはそれは言わず、名刺の入ったホルダーを持ち帰ることにした。

名刺は二百枚を超える枚数だったが、この名刺の数だけが客ではなく、総数はこの倍以上になることは、咲から聞かされていたが、名刺を店に渡す客は、少なくとも「やまおか」に通う意志を持っていたと考えられる筈であり、失踪した美夏周辺の話を聞く価値はあると考え、一人ずつ当たる事にした。

名刺は、自営業と思われるものから、医師など医療機関に勤める人の名刺と多岐だったが、大部分は肩書を持った会社員の名刺だった。そのため、結果として名刺の客の聞き取りは、会社が始まる休みが明けた来週から本格的に始めることになった。

オリンピックの開会式の翌日、休日となった金曜日の午後、捜査本部に詰めていた笹井に、外線から一本の電話が入った。その電話は、東京から戻った深堀和哉からだった。

笹井は、深堀の名前を聞いても直ぐには誰なのか思い出せなかった。

「山岡清美さんの友人で、先週土曜日の部屋の捜索の時にお会いした深堀です」という和哉の説明を聞いて思い出した。

「昨日《きのう》、東京で町村康之という人に会って来ました」

「町村……」

「笹井さんが、山岡清美さんから聞いたイニシャルYMの町村康之という人です」

和哉は、笹井の「ああ、はい」という反応を確認してから、白骨化死体で発見された山岡美夏の失踪を、町村が早い時期から知っていた疑いがあるものの否定していた事、ラウンジ『やまおか』を利用して会社の金を横領していた可能性がある事を話し、美夏の失踪

について何らかの情報を持っているのではないか、という推測を笹井に伝えた。

「深堀さん、我々もイニシャルＹＭの町村という人物に興味を持っていますが、今のあなたの話は電話では良くわかりません。一度、こちらに来て直接話を聞かせていただけませんか」

「分かりました。清美さんと一緒に明日の午前中にでも行くようにします」

「妹さんも一緒に東京まで行ったのですか」

「いえそうではないんですが、警察へ行って話すのなら清美さんも一緒の方が良いと思いますので一緒に行きます」

「分かりました。では明日の午前中に来てください。お待ちしています」

電話を切った笹井は、課長の飯住に深堀和哉からの話の内容を伝えたが、内容を理解出来ていない笹井の話は、当然ながら飯住に理解出来る筈が無かった。


翌日の午前九時過ぎ、深堀和哉は清美とともに札幌中央署の刑事部捜査第一課の面会室に案内された。

二人との面会には、飯住と笹井そしてもう一人の女性警官の三人が面会室に入った。

「申し訳ないのですが、手話通訳が用意出来なかったのでこちらの警官が筆談のメモを書いて、清美さんにお伝えするようにしますからご承知ください」

笹井はそう言って女性警官を二人に紹介し、その後課長の飯住を紹介した。

「深堀さん、昨日電話で話された事をもう一度話していただけますか」

笹井の言葉に促された和哉は、昨日電話で笹井に伝えた町村への疑惑を再び話した。

「山岡美夏さんの失踪を、早くから知っていたのではないかと疑う根拠は何なんですか」

笹井が和哉に訊くと、女性警官は筆談のメモを清美に差し出した。

和哉が清美に顔を向けると、清美はそのメモを見てペンを取った。

「私が調査を依頼した東京の探偵さんの調査の過程で疑いが出てきました」と書いたメモを笹井と飯住の間に差し出した。

「探偵の調査ですか…」

笹井は眼鏡を直しながら上目遣《うわめづか》いで清美を見た。

「東京の調査事務所の探偵で、清美さんと一緒にここにも来ている筈です。空木さんという人です」

和哉の説明に笹井は眉間に皺を寄せた。笹井を見た清美はまたメモに「私と一緒に笹井

さんとお会いしています」と書いて置いた。

「係長はその探偵を知っているのか」飯住が聞いた。

「知っているという程ではありません。こちらの妹さんと一緒に、行方不明だったお姉さんの手掛かりを求めて来署して来た男です」

「その時、山岡美夏の白骨化死体を見つけたのか」

「そうです。身元不明死体のファイルから、妹さんが死体と一緒に見つかったネックレスに気がついたことから判明しました」

　笹井は、顔を飯住から和哉に向け直した。

「その探偵は、何を根拠に疑っているんですか」

「清美さんから、行方不明になったお姉さんの手掛かりの調査を依頼された空木さんが、町村さんに会った時、限られた人しか知らない筈のお姉さんの失踪を、町村さんは知っていたような話をしたからだそうです」

「……、ではラウンジ『やまおか』を利用して、会社の金を横領していたというのはどういうことなんでしょう」

「それも空木さんの疑いというか、推理なんだと思います。僕もその時初めて聞いたので

びっくりしました」

「初めて聞いたということは…。町村という人物に会ったのはあなたではなく、その空木という探偵なんですか」

「いえ、僕と空木さんの二人で会いました。話をしたのは空木さんですが、僕もしっかり聞いていました」

「……そうですか、それでその横領の推理というのはどんな推理なんですか」

「『やまおか』のママの美夏さんに協力してもらって、実際より水増しした金額を会社に請求するか、カードで支払いをして、その差額の金額を美夏さんから受け取っていた、つまり横領していた。その金額は二百万円近くになっていた。そういう関係であった美夏さんの失踪を知っている可能性は高いという推理です」

「二人は横領の共犯者になりますが、その横領していたという根拠はどこから出てきたんでしょうね」

笹井の質問に和哉は清美を見た。

「お店の帳簿を見て疑いを持たれたようです」と書いたメモを清美は笹井と飯住の前に置いた。

清美が差し出したメモを見た飯住は、笹井に顔を向けた。

「係長、店のチーママからの聞き取りでそんな話は出なかったか」

「ええ」と言って笹井は眼鏡をかけ直した。

「それで町村さんの反応はどうだったんですか」

「全て否定しました。でも直接隣で話していた空木さんは、僕が感じなかった町村さんの動揺を感じたようで、僕に札幌へ帰ったらこの話を警察に伝えるように言われました」

和哉の話を聞き終えた笹井は、隣の飯住に顔を向け、「課長から聞きたい事はありますか」と言った。

「深堀さん、あなたがわざわざ東京まで町村という人物に会いに行ったのは、その空木という探偵と一緒に、その男の話を聞くためだったんですか」

飯住は腕組みを解き、その両手を机の上で組んだ。そして飯住の質問は、婦人警官が筆談用のメモに書いて清美に渡された。そのメモに目をやった和哉は、清美にジェスチャー交じりの手話で「君から伝えてください」と伝えた。

清美は渡されたメモ用紙に、「姉は失踪した時、妊娠していました」と書いて飯住の前に置いた。

和哉はそのメモを前にして、美夏の残したノートの一文から空木のアドバイスを受けて、中央産婦人科医院で美夏の妊娠が判明するまでを説明した。そして、その妊娠の相手が町村ではないかと推測し、直接会って確認しようとして東京へ行ったことを話した。

「そこにも探偵が絡んでいるんですね。それで相手は町村という人物だったんですか」

「いえ、全面的に否定されました」

「探偵は、何と言いました？」

「多分、町村さんではないだろうと言っていましたが、相手を知っているかも知れないと言っていました」

「なるほど。それでその探偵さんは、何故我々にその町村という人物に関しての疑惑らしきものを伝えるように言ったんですかね」

「空木さんは、これ以上僕たちではどうすることも出来ないが、死体遺棄事件の重要参考人の扱いになれば、警察が聴取する筈で、そうなれば美夏さんの失踪について何か分かるのではないかと」

「聴取するかどうかは我々の判断ですが、深堀さんと妹さんの話は分かりました。とにかく我々は、お姉さんの死体遺棄について全力で捜査しますので、お二人にはご協力をお願

いします」

飯住の言葉を筆談で伝えられた清美と和哉は頭を下げた。

捜査本部に戻った飯住は、笹井に美夏の残したノートのコピーを持ってこさせた。

「このノートから町村という男を疑って妊娠していたことまで調べたということか。妊娠が事実だとすれば、その相手は重要参考人だな。それにしてもあの妹は耳が不自由なのに良く頑張って調べたもんだ」飯住はそう言いながらノートを捲った。

「妹の想いもあるでしょうが、町村という男の住所も空木という探偵が調べたんでしょう。町村を聴取して見ますか」

「そうだな、休みが明けたら東京へ飛んでくれ。警視庁には連絡を入れて置く。ところでその空木という探偵は死体遺棄事件のことを知っていたようだが、どこで知ったんだろう」

「深堀から聞いていたのではないですか」

笹井はそう答えたものの、深堀が捜査本部の設置を知ったのは、今日ここに来てからではないか、と思うと首を捻った。

翌二十五日の午前中に開かれた捜査会議で、飯住から捜査員たちに改めて当面の捜査方針が示された。

白骨化死体で発見された山岡美夏が、失踪直前妊娠していた可能性があり、その確認を取る事。さらに妊娠が確認されれば、その相手の男性を特定することに全力を挙げる。ついては、ラウンジ『やまおか』の従業員、及び客への聞き込みを丹念に続け、妊娠相手の男の特定に繋げる。それが、山岡美夏の失踪及び死亡に至る原因の手掛かりに繋がるということが伝えられた。


深堀和哉が札幌へ帰った翌日の土曜日、空木は水曜日の鷹ノ巣山に続いて、同じ奥多摩の七ツ石山に登ることにした。

気温は今日も三十度を超える予想で、標高１７５７メートルとはいえ、真夏の七ツ石山への登山には辛い暑さだが、来週からの天気予報が台風の影響なのか天候不順が続くとされることから登ることにした。

奥多摩駅から早朝のバスで、留浦《とずら》で下車した空木は、鴨沢《かもさわ》から登山道へ入った。二十分程できれいなトイレが備わった村営の小袖乗越《こそでのっこし》の駐車場に着いた。バス停からここまでの

登山者は空木一人だったが、駐車場には車が二十台近く駐車していて何組かの登山者が準備をしているところだった。

　空木はトイレに足を向けたところで「あっ」と小さく声を出し、足が止まった。見覚えのある顔がトイレから出てきて車の方向に歩いて行った。その登山者は二日前、小金井公園で話した町村だった。

　空木は駐車してある車の陰から町村の背中を目で追った。どうやら町村は、同行者はおらず単独行のようだった。

　町村が登山を趣味にしていることは知ってはいたが、こんな所で会うとは、空木には驚き以外の何物でもなかった。

　町村は、自分と同じ七ツ石山を目指すのか、さらに雲取山まで足を延ばすつもりなのか分からないが、ここから七ツ石の小屋までは、自分と同じコースを登ることになるのは間違いないと思いながら、空木は登り始めた。

　このコースは、平将門《たいらのまさかど》が逃げ落ちる時に登った道と言われ、随所にその伝説を伝える看板が立てられていて、楽しみながら登れるコースなのだが、町村に追いつかれないようにというか、急かされるような気分で登ったせいなのか、空木は暑さだけではない異常な汗

を掻いて登った。

灌木の中、そしてブナ、ミズナラの深緑の中の登山道を二時間半ほど登って、七ツ石の小屋に到着。そこから山の名前になった大きな七つの石が並ぶ間に建つ七ツ石神社を過ぎ、三十分程で頂上に着いた。

山頂からは富士山は望めなかったが、間近に日本百名山の雲取山が望めた。雲取山へはここから二時間弱で行けるのだが、空木の今日のコース予定は、ここから南へ下り千本ツツジを経由して赤指《あかざす》尾根を峰谷へ下る予定にしていた。

山頂には五、六人のハイカーが、食事を摂ったり休憩したりしていた。空木も山頂でカップ焼きそばの昼食を摂り、至福の一服を吸った。

町村は空木から十五分程遅れて山頂に登って来たが、空木には気がついていないようだった。

下山には町村の前を通ることになるが、空木は気付かぬ風に通り過ぎようとザックを背負った。そして町村の前を通り過ぎようとした時、思わぬ声が掛かった。

「もしかしたら、空木さんですか。こんな所でお会いするとは」

気付いたのか、と思った空木は、立ち止まって驚く風もなく軽く頭を下げ、言葉は発し

なかった。それは、「私はあなたに気付いていていました」と無言で表現しているつもりだった。

「こんな所でなんですが、お話ししようと思っていることがあります。休みが明けたら改めて連絡します」

町村の言葉に、さっきの声掛け以上に空木は驚いた。小金井公園では二度と会わないと言って別れた人間の言葉とは思えなかったが、空木は黙って頷いた。

町村が話したいとは、一体どういう事なのか、どういう心境の変化があったのか、それもたった二日の間に何があったのか。そして何を話すと言うのか。恐らく山岡美夏の失踪、死亡に繋がる話ではないか。いや、美夏の妊娠に関係する話かも知れない。下山の間中想像が頭を巡ったが、片隅には一抹の不安も過《よぎ》っていた。しかしその不安は漠然とした不安で、空木自身も言葉で言い表せるものではなかった。


翌日の日曜日、空木は深堀和哉に、昨日の町村との偶然の出会いと、明日以降に町村から連絡が来ることになったことをメールで知らせた。空木の頭の片隅の一抹の不安が、深堀和哉にメールをさせたのかも知れなかった。

その日の午後、深堀和哉から空木のスマホに電話が入った。

「町村さんから連絡が来るというのは本当ですか」

「本人が言っていることが本当なら連絡が来る筈です。信じるしかないのですが、来るかどうかは分かりません。連絡が来たら深堀さんにお伝えします」

「どんなことを話してくれるんでしょう」

「私も気になりますが、私たちの知りたい事を話してくれることを期待しましょう」

「そうですね。ところで昨日、清美さんと一緒に警察へ行って、空木さんが言っていた通り、町村さんのことを話してきました」

「そうですか。それで警察は聴取をするようですか」

「いえ、それは僕たちには言いませんでした。聴取するかどうかは警察が判断するとしか言いませんでした」

「……後は警察に任せるしかないですね」

空木は、また連絡すると言って電話を切った。

無言の連絡

朝のテレビのニュースは、オリンピックの日本人選手の活躍を報じていた。

空木がトーストとコーヒーの朝食の用意をしている背中で、テレビのニュースが東京都小金井市の商業施設からの飛び降り自殺を報じ、コロナ禍の中、経済的な理由から、また精神的な孤立感から自死を選んでしまう人々が増加していると報じていた。

空木は自分の住むこの多摩地区でも、身近に苦しんでいる人たちがいるんだと思いながら、背中でニュースを聞きつつ、久し振りにトレーニングジムへ行く支度をした。

ジムでウエイトトレーニングをしていた午前中は、スマホへの着信はなかった。

蕎麦屋で昼食を済ませ部屋に戻った空木は、仕事用の手帳を開き、ラウンジ「やまおか」で書き留めたイニシャルＨＴのもう一人を確認した。田代寛《たしろひろし》、大日医療器材（株）札幌営業所長と書き留めてはいたが、調べる術もなく何のアプローチもしていなかった。

空木はパソコンに大日医療器材と入力し、検索ボタンを押した。

大日医療器材の本社は東京で、年商は百五十億弱だった。その規模が医療器材を扱う業

界の中で、どの位置付けになるのか空木には今一つピンとこなかったが、東京本社の他に札幌、仙台、新潟に営業所を拠点として持つことから、東日本を中心に営業活動をしている会社のようだった。

二人のHTのうちの一人、田中医師は町村との繋がりがある可能性が出てきたが、登山の趣味は無さそうだ。この田代という男はどうなのだろう。直接電話で聞いてみる方法も無くはないが、見ず知らずの怪しい男からの問い合わせに答える人間が、果たしているだろうかと考えるとやはり躊躇した。

パソコンの画面をネットのニュース画面に切り替えてスクロールした時、朝のテレビニュースで耳に入った、飛び降り自殺と思われるニュースが空木の目に入った。

地元の多摩地区で起こった自殺のニュースを、空木はクリックした。そしてその記事を読んで目を疑った。自殺して死んだのは、会社員の町村康之さん五十二歳と書かれていた。

自分に連絡をすると言っていた町村が自殺した「そんなバカな、本当にあの町村さんなのか」と空木は呟いた。

町村は、七ツ石山で偶然出会った空木に思いがけず声を掛けてきて、話したい事があると言った。一体何を話すつもりだったのか。

空木の抱いていた一抹の不安とは、こんな事だったのだろうか。いや、こんなことになるとは予想もしていなかった。ただなんとはなしの漠然とした不安だったのだが、まさかこんな事が起こるとは。

町村は自殺をするほど何かに追い込まれていたのだろうか、誰かに追い込まれていたのだろうか……。まさか自分が追い込んだのか。

空木は、町村の死を確かめる為、高校の同級生で国分寺署の刑事の石山田の携帯に電話を入れた。

「小金井で飛び降り自殺したのは、貫井北町《ぬくい》が住所の町村康之さんに間違いないのか確かめたくて電話をしたんだ」

いきなりの空木からの問い合わせに驚いたのか、石山田は答えるまでに一瞬の間が空いた。

「死亡したのは町村康之に間違いないけど、健ちゃん何故住所まで知っているんだ。知り合いなのか」

「知り合いというか、俺の仕事上で関りがある人なんだ。ほら一ヶ月前位に、巌ちゃんにも話した行方不明者の手掛かりを掴むために面会した人なんだけど、本当に自殺なのか」

「…「本当に」とはどういう意味なんだ」

「事故とかじゃなくて、本当に自殺なのかっていう意味だよ」

「遺書も残されていた。自殺と判断しているけど、気になる事でもあるのかい」

「気になるというより、信じられないんだ。近々会って話す約束をしていた人なんで、自殺するとは思えなくて巌ちゃんに電話した訳だよ」

「会う約束……、それは何時《いつ》の話なんだ」

空木は、二日前の土曜日に偶然七ツ石山で町村に出会い、休みが明けたら話したい事があるから連絡をすると言われた事を話した。

石山田は、「ちょっと待ってくれ」と言うと誰かと相談しているようだった。

「今、課長と相談したんだけど、死んだ町村さんについてもう少し話を聞かせて欲しいので、明日にでも署に来てもらえないだろうか」

「明日は、仕事で病院への付き添いがあるから行けそうにもないんだ。今日これからなら行けるけどダメかい」

「そうか、それは大事な収入源の仕事だな」と石山田は言って少し間が空いた。

「じゃあこれから来てくれ、待っているよ」

電話を終えた空木は、「遺書か…」と呟いた。

空木は、遺書の内容によっては町村の自殺の原因が、掴めるかも知れないと考え、町村自殺の一報を入れようとした深堀への連絡は、警察へ行った後にすることにした。それにしても自殺と判断した警察が、町村について知りたいと言っているのは何故なのか腑に落ちなかった。


国分寺署に着いた空木が、石山田に案内されたのは取調室だった。取調室を経験するのは空木にとって初めだった。

「ここで?」と小声で聞いた。

「ごめん、ここしか空いていなかったんだ。気にするな」

「気になるよ」と入るのを躊躇った。

「課長、空木さんです」石山田は構わずに課長の浦島に紹介して、空木に浦島と向かい合う椅子に座るよう促した。

「刑事課長の浦島です。忙しいところ来ていただいてすみません。おまけに会議室も面会室も塞がってしまって、こんなところしか空いていないもので申し訳ありません」

この人が、札幌中央署から情報を聞いてくれた石山田の上司なのか、と思いながら「空木健介です」と言って名刺を差し出した。浦島も名刺を空木に渡しながら「あなたが石山田係長の同級生の空木さん、探偵事務所の所長さんですか」と返した。

「自殺と判断している我々が、何故あなたから改めて町村さんに関しての話を聞きたいと思っているのか、不思議に思われているでしょう」

笑みを浮かべて話していた浦島の眼鏡の奥の目が、鋭く光ったように空木には見えた。

「実は今日の午前中、札幌中央署から町村康之さんについて問い合わせがありました。あちらでの死体遺棄事件の参考人として聴取をしたいとのことでしたが、亡くなったと伝えたら言葉を失っていました。そんな事があってのあなたからの石山田への電話でした。我々としては、町村さんの自殺という判断は変わっていませんが、町村康之という人物がどういう人間で、どういう状況に置かれていたのか知っておく必要があると考えました。それであなたに来ていただいたという訳です」

浦島の説明を聞いた空木は、納得した。それと同時に、深堀和哉の話を聞いた札幌中央署は、町村を参考人として聴取しようとしていたことを知るとともに、町村の自殺のタイミングが偶然と言うには余りにも不自然なことのように思われた。

「健ちゃん、あ、いや空木さん、二日前に奥多摩の山で町村さんに偶然出会ったと言っていましたが、最初に会うことになった経緯《いきさつ》から全て話してくれませんか」

石山田の真面目な話し方に、空木は笑いそうになるのを堪《こら》えた。

空木は、北海道在住のあるクライアントから、二年前の行方不明者の手掛かりを調べて欲しいという依頼を受け、東菱製薬本社の部長の町村康之に面会した事から始まって、札幌で警察に出向き行方不明者が白骨化死体で見つかるきっかけになった事までを話した。

「その時、俺に札幌中央署の対応を知りたいと相談して来た訳で、課長が協力してくれたということだね」

石山田が納得した風に、横に座っている浦島に目をやると、浦島は頷いた。

空木はさらに、行方不明者が残した経営していた店に関するノートから、町村がその店を利用して会社の金を横領していた疑いが出てきた事、そしてその行方不明者が失踪直前妊娠していた事が判明すると、妊娠の当事者である疑いも持たれたことから、クライアントの知人と一緒に町村に面会して、小金井公園で話を聞く事になった。その二日後、七ツ石山で偶然に出会い「話したい事があるから連絡する」と思いがけず言葉を掛けられた事までを一気に話した。

「小金井公園では二度と会わないと言っていた本人から、その二日後に話したい事があると言うのは妙だけど、その時の町村さんの様子はどんな感じだったのかな」

石山田の問いに空木は首を傾《かし》げた。

「普段の町村さんを知っている訳じゃないから何とも言えないけど、小金井公園で話した時より落ち着いていたと思う」

「自殺するような雰囲気は無かったということか」

自殺をする雰囲気とはどんな感じなのか、石山田の質問に空木は背もたれに背中をつけて溜息を洩らした。恐らく思い悩み続けて鬱《うつ》状態から希《き》死《し》願望が生じるのだろうが、そんな状態の人間が趣味の山登りに来るのだろうか。空木には疑問に思えたが「分からない」と答えた。

「巌ちゃん、町村さんは遺書を残していたそうだけど、遺書にはどんな事が書かれていたのか教えてもらう訳にはいかないかな」

石山田は、どうしますか、という様に浦島の顔を見た。浦島が頷くのを確認して手帳を開いた。

「『罪を償います』とだけ書かれていた。何の事か分からなかったが、健ちゃんの話を聞い

て『罪』の意味が薄《う》っすらと見えてきた気がする……」

遺書の内容を聞いた空木は、また首を傾げた。罪を償って自殺をしようとする人間が、その前日に「話したい事がある」とは、一体何を話したかったのか、『罪』の懺悔をしたかったのだろうか。だとしたらその罪の中身を遺書に書き、詫びる思いも書きそうなものだが…。それにしても自死によって償おうとする罪とは、一体何だろう。会社の金を横領していた罪なのか、美夏を妊娠させたことなのか。そう言っては何だが、その両方とも死を以って償わなければならないこととは思えない。死を以って償う過ちとして考えられるのは、唯一美夏の死に関わった事への償いを意味していると思うが……。

「遺書は自筆で書かれていたんですか」空木は浦島の目を見た。

「いいえ、プリンターで印刷されたものでした」

浦島はそう言うと眼鏡をかけ直して溜息を吐いた。

「死体遺棄事件を追っている札幌中央署も、解決の糸口となるかも知れなかった人物を失ったことになる訳ですが…」

浦島の言葉を聞いた空木は、もしもこんな形で美夏の死体遺棄事件の幕が引かれてしまったら、妹の清美は納得できるのだろうか。姉の美夏が、何故死ななければならなかった

のかが分からないままで、仕方が無いと諦めがつくのだろうか。

取調室での話を終えた空木を、石山田は玄関まで見送った。

「健ちゃんこれから平寿司かい」

「今日は月曜で平寿司は休みだし宅飲みするよ」

「もしかしたら、また話を聞かせてもらうかも知れないけど、その時はまた連絡するから頼むよ」

石山田の「また」という言葉が、空木の耳に残った。


事務所兼自宅に帰った空木は、冷蔵庫から缶ビールと貝柱の水煮の缶詰を取り出した。一口飲んだところで、空木は深堀和哉への連絡を思い出した。

町村が死んだことを連絡すべきなのか、町村が残した遺書の内容を深堀に伝えるのか、躊躇《ためら》ったが、いずれ深堀には連絡しなければならないと思い直し、メールを打った。

「町村康之さんが七月二十五日日曜日に亡くなりました。遺書を残しての飛び降り自殺とのことでした。遺書には、「罪を償います」と書かれていたそうです。清美さんには深堀さんからお伝えください」と送信した。

その夜の九時過ぎ、深堀和哉から空木のスマホに連絡が入った。

「メールを見ました。驚いたというよりショックです。町村さんから空木さんへの連絡が、まさかこんな事になるとは思ってもみませんでした」

「清美さんにはもう伝えられたんですか」

「いえまだです。空木さんに話をお聞きしてから伝えようと思っているんですが、その遺書に書かれていた罪というのはどういうこと何でしょう。それが分からないと清美さんには伝えられないと思っています」

「それが私にも分からないんです。死んで償う罪ということから考えれば、それ相当の罪を想像しますが…」

「やっぱりそうですか。お姉さんを殺して死体を山に埋めたのは町村で、その罪を償うための自殺ということですか…」

「警察がどう判断するのか分かりませんが、美夏さんの死体遺棄の犯人が、町村さんだと断定すれば、清美さんに連絡が来る筈です」

「そうですね、分かりました。清美さんには空木さんからのメールを転送するだけにします。後は、空木さんの言う通り警察からの連絡を待つように伝えます」

電話を切った空木には、釈然としない思いが一層膨らんだ。町村が犯人だとしても、一人で全てやった事なのだろうか、共犯者はいなかったのだろうか。そして町村が自分に話したかった事とは何だったのか。

空木の話を聞いた国分寺署の浦島と石山田は、刑事課室に戻ると、町村康之の検死結果報告書を読んだ。

死因は、転落に因《よ》る全身打撲のショック死とされ、脳挫傷、肝臓破裂も認められたとあり、死体の写真も添付されていた。

「これは何でしょう」

石山田が留意点と書かれた部分を指差した。

それは死体の左脇腹から背中にかかる辺りに、径5センチ程の赤黒く変色した部分の写真とともに、第七肋骨を骨折しているが、落下時の打撲、骨折とは考えにくく、落下前に何らかの打撃を受けた結果の打撲、骨折と考えられる。という説明書きがされていた。

検死に携わった鑑定医は、石山田からの問い合わせに、鈍器のようなもので殴打された痕の可能性が高く、それは鉄パイプのような硬いもので、ある程度の太さを持ったもので

はないか、という見解を話した。

「課長、これはあくまでも私の推測ですが、町村さんは、何者かに殴られて倒れたところを、あそこから落とされたと考えられないでしょうか」

「肋骨が折れる程強く殴られたら、動けないどころか気絶するかもしれない。そして印刷された遺書は、その何者かが自殺に見せかける為に予《あらかじ》め用意しておいた物ということか」

「どうしますか、課長」

「単純な自殺と判断したが、札幌中央署からも詳しく事情を聞いてみる必要がありそうだ。それと町村の家族にも話を聞いてみることにしよう」

「現状では、捜査本部を立ち上げることも出来ませんから、私の係だけで内偵という形で動くしかありませんね」

「そうしてくれ。署長には私から話しておく」と浦島が席を立とうとした時、浦島の机の電話が鳴った。

浦島の話しぶりから、石山田には浦島の友人からの電話のように思えた。受話器を置いた浦島は、椅子から立って石山田に目をやった。

「札幌中央署の捜査第一課長からの電話だ。町村の自殺の件で話を聞きたいと言って来た。

それと町村の両手の指紋が欲しいそうだ。明日の午後、笹井という係長がうちに来ることになった。うちにとっても都合は良い。署長に話してくる」浦島はそう言うと腕時計に目をやり、急ぎ足で署長室に向かった。

札幌中央署から笹井が国分寺署に着いたのは、翌日の午後二時少し前だった。笹井は、署長に挨拶した後、会議室で浦島と石山田の二人と机を挟んで向かい合った。石山田から町村康之の自殺についての状況説明と、検死結果の所見について説明を聞いた。

七月二十五日日曜日午後一時四十分頃、町村は自宅を車で出た。家族には、武蔵小金井駅近くの商業施設に買い物に行くと言って出かけた。発見者は商業施設駐車場の入口係員で、午後二時十分頃、駐車場西側の施設敷地内でドスンという鈍《にぶ》い音がした。様子を見に行くと男が倒れているところを発見、通報。男が町村康之と判明したのは、施設が閉店した後、七階駐車場に残された車の車内に残された免許証からだった。車内には免許証の他に財布、スマホがセカンドバッグ内にあった他、助手席にはワープロで書かれた遺書が置かれていた。

検死結果の報告書は、町村の指紋、鑑定医の所見、留意点と共に笹井に見せられ、町村の指紋のコピーは別に渡された。

「ご承知だと思いますが、死体遺棄の参考人として話を聞こうとした矢先の自殺ですので、我々捜査本部としてはこの遺書を見てどう判断すべきなのか難しい案件です。この町村という人物が、死体遺棄に関わったのかそうでないのか分からない状況で、遺書に書かれた『罪』という文言だけで事件に関わった犯人と断定する訳にはいきません。それにしても結果的に、事件のカギを握る人物が死んでしまったのは非常に残念です。ただ、この指紋がもしかしたら事件に関わった証拠になるかも知れません」

笹井は検死結果の報告書と遺書のコピーを石山田に戻すと、渡された指紋のコピーをバッグの中にしまった。

「笹井さんたちの捜査本部が、亡くなった町村さんから話を聞くことにした理由は、何だったのですか。差支《さしつか》えが無かったら聞かせていただけませんか」石山田が聞いた。

「ある人からの情報提供なんです」と言ってから、深堀和哉と山岡清美から伝えられた、町村に関する話をした。

「その情報の真偽を確認しながら、死体遺棄に繋がる新たな情報が手に入らないかと思っ

て会うことにしたんです。何しろ二年近く前の事件で手掛かりが無い中での情報でしたから、捜査進展の第一歩になればと思う気持ちがあったんですが…」

「その情報を提供した人間というのは、東京の探偵ではありませんか」

石山田の問いに、笹井は不思議そうな顔をした。

「……そうではないのですが、情報の元は東京の探偵だと聞いています。石山田さんはその探偵をご存知なんですか」

石山田は隣の浦島に、話を続けて良いかと聞くかのように顔を向け、目を合わせてから話を続けた。

「実は私たちも、その探偵から町村さんについての話を聞かせてもらっています。その時、今笹井さんが話された事を聞きました」

笹井は眼鏡のズレを直すようにフレームをずり上げた。

「……しかし何故、話を聞くことになったのですか」

石山田はまた浦島に顔を向けた。浦島は頷き、笹井同様に眼鏡をズレを直した。

「その探偵は空木というんですが、町村さんが亡くなる前日に奥多摩の山で偶然出会ったそうなんです。その時町村さんから「話したい事があるから休み明けに連絡する」と言わ

れたという事で、我々のところに亡くなったのが本当に町村さんなのか、確認の電話があったんです。ちょうどその日の午前中には、札幌の捜査本部からも町村さんに関する電話もあったことから、我々としても町村さんに関する話を聞いておこうという事にした訳なんです」

「町村さんが、その探偵に話したい事があると言っていたんですか…」

笹井は深堀から聞いた「町村さんは全て否定した」という話を思い出していた。全てを否定した人間が、改めて会って話したいこととは一体何だったのか。

「町村さんは何を話したかったんですかね」

「空木もそれが知りたかったんでしょうが、残された遺書はこの通りで全く分かりません。ただ、空木の話を聞いて、町村さんは前日までは自殺する意志は無かったのではないかと考えています」

「罪を悔やんで発作的に飛び降りたという事ですか」

「……」

「もしかしたら誰かに……」

「全く分かりませんが、内々に調べてみたいと思っています」

「それで今後、札幌中央署のご協力をお願いすることがあるかも知れませんので、飯住課長に宜しくお伝えください」浦島が石山田の話を継いだ。

「うちの課長には国分寺署の方針を話しておきます。ところで、その空木という探偵には以前私も札幌で会っているんですが、改めて話を聞くことは出来ませんか？」

笹井は、石山田たちの話を聞くうちに、空木が山岡美夏の失踪から死体遺棄されるまでをどう推理しているのか聞いてみたくなった。

「今日の今すぐは無理ですが、夜なら会えるかも知れません。笹井さんは、今日の予定は？」

「今日のうちに札幌へ戻るつもりでしたが、会えるのなら明日の午前中に帰署すれば大丈夫です」

「課長、今晩笹井さんを食事にお連れしたいと思いますが、宜しいですか」

「そうしてあげてくれ」と浦島が答えると、石山田は「了解しました」と言って浦島に敬礼した。


どんよりとした一日も日暮れを迎えた。東京郊外に位置する多摩地区は緑が多く、ビル

街の暑さ程ではないとは言え、笹井にとっては札幌の日暮れ時の涼しさに比べて、この蒸し暑さは辛かった。

石山田と笹井が、平《ひら》寿司と書かれた暖簾をくぐって店に入ると、奥の小上がりから「お疲れさま」と言って、手を上げる男がいた。空木だった。

「健ちゃん早かったな。病院の付き添いの仕事は無事終わったのかい」

石山田は空木に言葉を掛けると、笹井を小上がりに案内した。

「笹井さん、例の探偵の空木健介です。この男は、私とは高校の同級生なんです」

「そうだったんですね。道理で空木さんの名前を呼び捨てで呼んでいたりしたんですね。空木さん久し振りです、笹井です。札幌でお会いして以来です」

笹井は軽く頭を下げて、小上がりに上がった。

「その節はお世話になりました。改めて、空木です。宜しくお願いします」

空木は清美と共に、札幌中央署で会った時に笹井が見せた自分への怪訝な目と態度とは、全く違う笹井の優《やさ》し気な言葉に少し戸惑った。

三人は、運ばれて来たビールをそれぞれのグラスに注ぎ、小さく「乾杯」と声を上げ、喉を鳴らした。

「石山田から聞きましたが、笹井さんが私に聞きたい事があるというのはどんな事でしょう」

空木は酔う前に話を済ませたいという思いから、石山田から連絡を受けた際に聞いていた笹井の用件について、早々に切り出した。

ビールが空になった空木のグラスに、注ごうとして持ったビール瓶を笹井はテーブルに置き直した。

「あくまでも参考までに、ということなのですが、現時点では我々より空木さんの方が、情報を持っているようなので、山岡美夏さんの失踪から死体遺棄までを、空木さんはどう見ているのか聞かせていただきたいんです」笹井は手帳を用意した。

「私のような探偵の推理が、何かの参考になるのでしたら喜んでお話ししますが、その前に私からも一つ聞いておきたい事があるんです」

「何でしょう」

「山岡美夏さんの死体遺棄事件の捜査本部を札幌中央署に置いたのは何故ですか。白骨化死体が発見された現場は、倶知安《くっちゃん》警察署管内の羊蹄山の麓ですよね」

「……」

「笹井さん、空木が札幌中央署に捜査本部が置かれた事を知っているのは、うちの課長を通じて知った情報を私から伝えたからなんです。空木も成り行きが心配だったようで、悪く思わないで下さい」

石山田は笹井の一瞬の躊躇《ためら》いが、空木が言った「捜査本部」情報にあると、咄嗟に気配を感じて言葉を継いだのだった。

笹井は「なるほど」と頷いた。

空木は「あ、そうか」と、石山田に向かって両手を合わせ「ごめん」と小声で言った。

「空木さんの疑問は流石《さすが》と言うか、尤もだと思います。まず、死体が遺棄されたと判断したのは、空木さんもご存知のように、遺体は靴も履かずに羊蹄山の麓に埋められていたためですが、それだけなら空木さんの言う通り、本部は倶知安署に置くことになります。ただ我々は美夏さんの部屋の捜索から、遺体が札幌のマンションの部屋から運ばれた可能性が高いと判断しました。その判断を道警本部とも相談した結果として、札幌中央署に捜査本部を置くことになりました」

「何故、自宅の部屋から運ばれたと推測したんですか」

「それは妹さんが、部屋の靴箱に残された被害者の靴を見て、ジーンズで外出する時に履

いていたサンダルもスニーカーも残っていると言われたんです。両方とも残っていること だけで、部屋から運び出されたとは断定できませんし、他の場所から運ばれた可能性もあ りますが、我々としては自宅マンションの部屋から素足で運ばれた可能性が高いと考えま した。それともう一つ、被害者が残していったという置手紙から、被害者と思われる指紋 と妹さんの指紋以外に別の指紋が採取されました。その指紋は、鑑識としては指の太さか ら男性の可能性が高いとしています。いずれにしても、被害者の死因は不明ですが、失踪 した前後に札幌方面本部管内での被害者の年齢相当の女性の救急搬送はされていないこと からも、事件性も視野に入れての捜査が必要と判断した訳です」

笹井は一通り話をすると、ビールグラスを口に運ぶと一気に飲み干し「フー」と息をつ いた。

「良く分かりました。しかし笹井さん、二年も前の置手紙から指紋が取れるんですか?」

「ええ、プラスチックとかガラス、金属などで出る事はないんですが、紙は出るんです。保存状態によっては十年前の紙からも取れますよ。今回の置手紙も、妹さんしか触れていない状態で、保存されていましたからきれいに取れたようです」

「それで町村康之の指紋が欲しいと言われたんですね」

石山田が思い出したように言葉を挟んだ。そして一瞬の間をおいて「あの遺書も…」と独り言を言った。

「町村康之の指紋と置手紙の指紋が一致すれば、被害者の失踪と遺棄に関わったことが濃厚になるんですが…。宜しかったら空木さんの話を聞かせていただけますか」

笹井は眼鏡を掛け直して空木に聞いた。

「私は、山岡美夏さんは二年前の九月、失踪したのではなく何者かに殺害され、羊蹄山の麓に遺棄、埋められたと思います。失踪直後の手紙を含めた四通の手紙は、生きているかのように見せかけ続けて発見を遅らせ、あわよくば時効となる三年間発見されないように、仮に発見されても身元が分からないようにするためだったと思います。四通の手紙の消印が仙台から東京にしているのも、あたかも生存しているかのように思わせるためだったのではないでしょうか」

「確かに死体遺棄の時効の三年を狙っていたのかも知れませんが、我々にとっては二年という年月も、捜査の上では高い障壁になっています。それで殺害の動機の見当はついているんですか」

「……動機は二つ考えられます。一つは金銭絡み、もう一つは妊娠に絡んだ男女の問題な

のではないかと思っています。金銭については、亡くなった町村さんが『やまおか』への支払いを利用して、東菱製薬つまり自分の会社の金を横領していたのは間違いないと思います。町村さんは、二年程で二百万円近くを水増し請求の形で着服していた筈です。美夏さんの残したノートに書かれていたＹＭの後の数字は、水増しして町村さんに渡さなければならない金額を書いていたものだと思います」

「それは何のために書き残したんでしょう」

「美夏さんは、ＹＭは金に汚いと何度もノートに書いているところを見ると、累計でいくらになるのか記録しようと考えたのか、それとも何時《いつ》かそれを使って町村さんを脅そうとしたのか分かりませんが、不正に加担してしまった美夏さんは後悔していたかも知れません。いずれにしろ町村さんにとっては、不正を知っているのは美夏さんだけですから、美夏さんがいなくなれば不正は絶対にバレないという意味では、殺害の動機になると思います。もう一つは美夏さんの妊娠です。その相手が誰なのか、独身者か妻帯者か、妊娠したことを知っていたのかどうか、その相手が置かれている状況によっては、美夏さんの妊娠は歓迎できない、予期せぬ出来事だったかも知れません」

「その相手は誰だと思いますか。町村さんですか」

「誰なのかは分かりませんが、私は町村さんではないと思います。面会した時の様子からは、美夏さんとは肉体関係に無かったと思いました。その相手が誰なのか分かれば…」

「我々もその相手が失踪の鍵を握っていると見て、捜査を進めていく方針です」

空木は、笹井が注いでくれたビールを飲んだ後、バッグから手帳を取り出した。

「笹井さんも美夏さんの残したノートを読まれたと思いますが、美夏さんが病院に行くと書いた日の最後に書かれていた意味不明な「ＭＹ　＊《アスタリスク》　４４８」という文字というか、記号が気になったんですが、笹井さんはどう思いますか」

「書かれていたと思いますが、あのノートにはイニシャルのようなものがたくさん書かれていて、何の事なのかさっぱり分かりませんでした。妊娠した事と関係あると思いますか」

「……そんな気がするんです。それと、町村さんが私に話したい事があると言ったのは、美夏さんの妊娠についてではなかったかとも思うんです」

「何故ですか」

「私と深堀さんの二人で町村さんと公園で話した時、町村さんは私の質問に全て否定されました。美夏さんの失踪を当初から知っていたのではないか、会社の金を水増し請求によって横領していたのではないか、それと美夏さんの妊娠の相手ではないか、の三つなんで

すが、その三つの中で、真実を話しても町村さん自身に害を及ぼさないのは、美夏さんの妊娠の相手についての話だけです。他の二つは否定し続けるしかない筈です。それを私に話そうとしたのではないかと思います」

「しかし空木さん、何故妊娠の件だけ真実を話す気になったと思うんですか」

「それは、全てを否定したままでは、疑われ続けて追及され続ける。自分の身に覚えのない事だけは話しておく方が、身を守れると考えたんではないでしょうか」

「でも健ちゃん、そうだとしたら町村さんは、公園で話しても良さそうだし、山で出会った時に話しても良かったんじゃないのか」

二人の話を聞いていた石山田が、空のグラスを手持無沙汰に持ちながら聞いた。

「……そこなんだよ。町村さんは美夏さんの妊娠については全くの初耳で、公園でそれを聞いた時には咄嗟には思い浮かばなかったが、冷静になると思い浮かんだんだ。そして山で偶然俺と出会った。でもそこでも話さなかった。それで、考えられることは、町村さんはあの翌日、つまり自殺する日に誰かと会って、その事を確認してから俺に話そうとしたんじゃないか、だから休み明けに連絡すると言ったのではないかと」

「確認する……」

「町村さんが美夏さんの妊娠相手だと思い浮かんだ人間かも知れない」

三人は改めてビールをグラスに満たし、それぞれの前に置かれた鉄火巻きを口に運び、刺身に箸を伸ばした。

焼酎の水割りセットを用意した店員の坂井良子は、普段とは違う空木の様子に「雨が降って来ましたよ」とだけ言葉を掛けて小上がりのテーブルから離れた。

「石山田さん、町村さんの死体の左脇腹には、何かで殴打されたような痕が残っていましたね」

「直接の死因ではありませんが、鉄パイプかハンマーのような何か太さのある硬い物での打撃痕がありました」

焼酎の水割りを作っていた空木が手を停めた。

「巌ちゃん、ということは、町村さんは自殺ではないということなのか」

「そうとは断定出来ないが、その打撃痕が何時《いつ》つけられたものなのかは重要だ。それで課長と相談して捜査を始めることにした」

「空木さんの推理通りだとしたら、町村さんは会っていた男がいる。その男が町村さんの死にも、我々の死体遺棄にも関係している可能性が高いということになりますね」

「そういう意味では我々の捜査は、笹井さんたちの捜査に影響することになるんですが、我々は、捜査本部が置けないので人出が少なくて、時間が掛かると思います。笹井さんたちの捜査の見通しはいかがですか」

「何しろ二年前の事件ですから、物的証拠も少ないですし、地取りも鑑取りも期待は薄いというのが正直なところです。こうなると町村さんから話が聞けなくなったことは痛いです。取り敢えず『やまおか』の客を地道に当たるしかありません」

三人分の水割りを作り終えた空木は、二人の前に水割りを置いた。

「健ちゃん、何か良い考えはないのかい」

空木は焼酎の水割りを飲み、烏賊刺しを口に運んだ。

「…俺の希望的推測なんだけど、美夏さんの残したノートの中で、死んだ町村さんと『やまおか』の客の中で親しいと書かれていた「HT」というイニシャルの客に当たってみたらどうだろう。ママの美夏さんと深い関係になっていた男を、町村さんが知っていたとしたら、その「HT」という人物から何か聞けるかも知れない」

「イニシャルHTですか」

「ええ、『やまおか』の客の名刺ホルダーでは二人いました。勿論名刺以外の客もいるかも

知れませんが……」

空木はそう言うと、また手帳を開いた。

「田中秀己《たなかひでき》という医師と、田代寛《たしろひろし》という会社員です」

「空木さん、署に戻れば名刺のコピーで確認出来るのですが、拝見させていただけますか」

空木が「どうぞ」と手帳を笹井に見せると、笹井は二人の名前を手帳に書き留めた。

「北見の病院の医師と、医療器材会社の社員ですか。二人とも確かに「ＨＴ」ですね。ありがとうございます」

笹井は読み上げながら、手帳を空木に返した。

「二人とも町村さんと同じ医療関係者、何か出てくるといいな。健ちゃん、北見に行って来たらどうだ」

石山田は、二杯目の水割りを飲み始めていた。

「北見の焼肉か。食べたいところだけど先立つものも無いし、行けないな」

「親父《おやじ》さんのスネがあるだろう」

「馬鹿なこと言うなよ。四十四にもなって親父に焼肉食いたいから「金」くれ、は無いだろう」

「ハハハ、それもそうだ」

笹井も石山田の笑い声につられるように笑った。

「笹井さんも巌ちゃんも、これからが大変だけど頑張って下さい」

空木がグラスを掲《かか》げると、笹井も石山田もグラスを掲げた。

影

東京オリンピックが開幕して一週間が経過した水曜日、東京は朝から本降りの雨となった。

石山田は、刑事課長の浦島とともに刑事課一係の刑事たちと、小会議室で今後の捜査方針を打ち合わせた。

浦島から、自殺死とした町村康之氏の背部に近い左脇腹に、鉄パイプのような硬いもので殴打されたような痕が残されていた事。　そして遺書が自筆ではなく、パソコンで作成された物であることから、町村氏以外の何者かが、当日の商業施設の駐車場の転落現場に居た可能性が否定出来ない事。

加えて町村氏は、二年前に札幌で発生した死体遺棄事件の参考人として、聴取を受ける寸前だったことも明らかになった。このタイミングでの自殺死には札幌中央署の捜査本部も興味を持っている。

以上の事から、自殺か他殺か断定出来ない中では捜査本部は置けないが、一係だけでの

捜査を始めることとした、と説明された。

　そして、残されていた遺書の改めての指紋の採取、スマホの通話履歴の確認、家族からの聞き取りが指示され、さらに、商業施設の駐車場を含めた防犯カメラの確認、店員への聞き込みによる不審者の洗い出しが指示された。

「課長、鉄パイプのような硬い物というと金属バットも含まれるんですか」

　若い河村刑事が質問した。

「そうだ。金属バットに限らず野球のバット、ハンマー、鉄棒のような硬い物で、太さが5センチ程度の硬い物をイメージしてくれ」

「転落した付近にはそれらしき物は無かったと思います」

「町村さんの車の中にもそれらしき物は無かった」石山田だ。

「鉄パイプみたいな物を持ち歩いていたら目立ちますよ。車であの駐車場まで来たと考えられますが、車を全て調べる事になりますね」

「いや、全て調べる必要は無いだろう。町村さんが転落した時刻午後二時十分の前後一時間の時間帯で、家族連れや夫婦二人だけの車を除いて調べたらどうだ」

「…それで車は絞れても、鉄パイプのような物を車内に入れていたかどうかを調べるのは、

捨てたり隠したりしている筈ですから不可能じゃないですか」

河村刑事は石山田に顔を向けた。

「それは後回しにして、町村さんと面識、接点が有るのか無いのかだけでいいんじゃないか」

「それで良い。人手も少ない中だ、まずは地取りで何らかの影が見つかるかどうかから始めよう」

浦島課長の言葉で、石山田たちは席を立った。


同じ水曜日、札幌は気温三十度を超える真夏日の晴天だった。

雨の東京から札幌中央署に戻った笹井は、出張報告書とともに課長の飯住に、国分寺署の町村自殺に対する見方と方針を説明し、提供された町村康之の指紋のコピーを渡した。

そして、報告書には書けない空木の推理と、その空木が気になるというイニシャル『HT』の存在、更にはその人物からの聴取をしてみたらどうか、と言う空木の提案を伝えた。

夕刻の五時三十分から「羊蹄山麓死体遺棄事件捜査本部」の戒名が貼られた会議室で、捜査会議が開かれた。

　副本部長の飯住が、捜査本部設置後一週間で入手した情報を纏め報告した。

　被害者の山岡美夏のマンションの住人への聞き込みからは、二年も前のことでもあり何の情報も得られなかったが、中央産婦人科医院からは、山岡美夏が二年前の八月二十日に受診し、妊娠二カ月と診断され、妊娠届出書も医院から発行されていた事が確認できた。さらに、中央区役所では山岡美夏に、母子健康手帳が発行されていたことも確認できた事が報告された。

「課長、母子手帳を貰いにいったという事は、出産するつもりだったと考えて良いんでしょうか」

「そう考えて良いだろうな」

「しかし、部屋の捜索からは母子手帳は見当たりませんでした。母子手帳があれば相手の男が分かったかも知れませんね」

「父親欄に名前が書いてあればな。とは言えその母子手帳そのものが無いんだからどうにもならない」

「妊婦は普段から母子手帳を持ち歩くんでしょうか。普通は家に置いているように思いますが……」

「恐らく誰かが持ち去ったんだろう。父親であることを知られたくない人間が持ち去った。それが一体誰なのか、知っていたかも知れない参考人は、東京で遺書を残して死んでしまった。笹井係長、その死んでしまった参考人について皆に報告してくれ」

笹井が椅子から立ち上がり手帳を開いた。そして、深堀和哉と山岡清美からの情報を基に会おうとした、町村康之が「罪を償う」という遺書を残して自殺した事を話した上で、その自殺に関しての国分寺署の見解と今後の方針を報告した。さらに笹井は、『やまおか』の客の中で町村康之と親しいと思われている、イニシャル『ＨＴ』の二人から聴取して見る必要があることを、空木の名前を出さずに自分の仮説として説明した。そして最後に、山岡美夏の置手紙の指紋と町村康之の指紋は一致しなかったことが付け加えられた。

「その町村という男が残した遺書の、『罪』が何を指すのか定かではない上に、指紋も一致しなかった現状では、その町村という男を犯人と決めつける事も出来ない訳ですね。しかし、我々にとってその町村という男は、大事な参考人だった訳で、聴取出来なくなったのは痛いですね」

そう言ったのは、細身で長身の高島という刑事で椅子から立ち上がってさらに続けた。

「その自殺が国分寺署の見立て通り、もし見せかけだとしたら、罪を全て負わせての口封

じのための殺人で、その犯人《ほし》はうちの事件の犯人《ほし》でもある可能性が高いという事ですか」

「現状ではそうとは決めつけられないが、町村氏の転落に関わったとしたら、その関り次第では重要参考人という事にはなると思う」

笹井は高島刑事に答えた。

座っていた飯住が、椅子から立った。

「東京で起こった事は、管轄の国分寺署に任せるしかない。我々は、山岡美夏の死体を遺棄した犯人の捜査に集中する。被害者の妊娠に関わった人間が事件の重要人物で、その男を捜す事に全力を挙げてくれ。それじゃあ次に『やまおか』の客への聞き込みについて報告してくれ」

今度は、長身の高島刑事が立ち上がって手帳を開いた。

「月曜から今日までの三日間で、手分けして五十人以上の客に当たりましたが、目ぼしい情報は得られませんでした。私の当たった客も含めて全員が、山岡美夏が失踪したことは知りませんでした。ママが代わったと思っていたとか、今のママつまり永川咲がずっとやっていたと思っているようでした。まだ名刺の数の三分の一程度しか当たっていませんから、もうしばらく当たる必要がありますが、期待する情報が聞けるかどうか…。それで笹

井係長が言われたイニシャル『ＨＴ』の二人への聞き込みを優先したいと思いますが、ただ、係長の言われた田中秀己と田代寛という人物の名前ですが、『やまおか』の名刺ホルダーの中にはありませんでした」

「無かった…」笹井が思わず呟いた。

「その二人が『やまおか』の客なのかどうかを確認しておく必要があると思います」

腕組みをした笹井が、高島の顔を見て頷いた。

報告を聞いていた飯住が、高島に代わって立った。

「客への聞き込みは続けるとして、店には改めてその二人の確認と、山岡美夏の妊娠について詳しく聞き込んでみてくれ。二人への聞き込みは笹井係長が直接やった方が良いだろうから頼む。それと町村氏の札幌時代の職場での状況と、ラウンジ『やまおか』を知っている人間の有無を調べてみてくれ」

飯住の指示を受けて、捜査本部に集まっていた捜査員たちは、それぞれの仕事に散った。

笹井は空木から書き留めたイニシャルＨＴの二人、田中秀己と田代寛の連絡先を高島刑事に伝えた後、高島が無かったと言った「やまおか」の客の名刺ホルダーのコピーを自ら

確認した。確かに二人の名刺は無かった。

時刻は午後七時を回ったところだった。

笹井は高島に「今から『やまおか』に行こう」と言って席を立った。

二人が「やまおか」のドアを開けたのは、夜七時半頃だった。時間が早い所為なのか、外出する人間が少ないのか店内に客の姿は無かった。従業員はチーママの永川咲と早出のホステスが二人いた。三人はカウンター席に座って談笑していたようだった。

永川咲は「いらっしゃいませ…」と席から立ったが、見覚えがあったのか笹井を見て「刑事さんでしたね」と中に招いた。

「突然で申し訳ありません。急いで確認したい事があってお邪魔しました。田中秀己というお医者さんと田代寛という会社員は、店の客かどうか確認したいんです。名刺の中にはその名前は無かったんですが、いかがですか」

笹井は手帳を開き質問した。

「ええ、お二人ともうちのお客さんですけど、田代さんはもうしばらくお見えになっていないような気がします。田中先生は月に一度ぐらいは来られます。お二人がどうかしたんですか」

「お二人に何かあった訳ではありませんが、お二人に聞きたい事がありまして…。これは、あなたに真っ先に聞くべき事なのでお聞きしますが、白骨化死体で発見されたママの美夏さんは、妊娠していました。我々はその相手を捜しているんです。あなたは美夏さんが妊娠していた事をご存知でしたか」

「えっ、美夏ママが妊娠。本当ですか、知りませんでした。清美さんは知っていたんでしょうか、私には何も言ってくれませんでした。相手は一体…」

永川咲は口に手を当てたままだった。少し離れて座っていた二人のホステスも咲の様子を見つめていた。

咲は相手の男に心当たりはないか、という笹井の質問に暫く考えていた。

「……ママを目当てに来るお客さんは多かったんです。でもママの浮いた話は一度も聞いたことはありませんでした。ユミちゃんはどう?」

咲は二人のホステスの一人に声を掛けた。

笹井と高島がそのホステスに目をやると、咲が「ユミちゃんはこのお店に長くいるんです」と言葉を足した。

「美夏ママがお客さんとそんな仲になるなんて、私にも信じられないです」

ユミというホステスはそう言うとカウンターの中へ入って行った。

「ところで刑事さん、名刺が無かったのに田中先生と田代さんの名前をどうして知ったんですか」

暫く考えていたようだった咲は、思い出したかのように笹井を見て聞いた。

「空木という東京の探偵です。ここにも来ているそうですからあなたも会っていると思いますよ」

「ああ、清美さんと一緒に来られた方ですか。そう言えば、あの時二人に名刺を見せて返してもらった時に、ホルダーに戻し忘れたんだわ」

カウンターの中に入っていたユミが、冷たい飲み物を持って三人の前に置いた。

「もう二年も前の事なのではっきり覚えている訳ではないんですが、美夏ママが必ず付くお客さんがいたように思います」

咲は飲み物を一口飲んだ。

「町村さんでしょ」

咲の話にユミが応えた。

「そうそう、町村さんだわ。町村さんにはママは必ず付いていたわね」

「町村さんというのは、東京に転勤された東菱製薬の町村康之さんのことですか」

笹井は即座に質問した。

「そうです。刑事さんは町村さんをご存知なんですか」

咲は少し驚いたように笹井を見た。

「町村さんは先日の日曜日に亡くなりました」

「えっ……」

咲もユミも顔を見合わせ、言葉を失った。


翌日、笹井は田代寛の勤務先の大日医療器材に、高島は北見の北網《ほくもう》記念病院の田中医師にそれぞれ電話を入れた。

「係長、田中医師は『やまおか』のママの行方が分からくなったのを知ったのは、一年半位前だそうで、それ以上のことは知らないと言っています。町村康之のことも、名前に記憶は無いが東菱製薬の支店長なら挨拶程度はしているかも知れない、と言っていますが、どうしますか、直に話を訊きに北見まで行ってみますか」

高島の問いに笹井は答えずに

「……田代寛は、今は札幌には居ないそうだ。一年程前に仙台営業所の所長で転勤していた。仙台の営業所にも電話してみるが、出向くかどうかは、北見も合わせて課長と相談だ。いずれにしても両方とも遠いな…。取り敢えず今日は、今から東菱製薬の札幌支店へ、町村の周辺の情報を聞きに行こう」

二人は札幌中央署を出て、大通を西へ歩いた。

例年なら大通公園には、いくつものビール会社がそれぞれにビアガーデンを開き、休日は勿論のこと平日でも人々が集い、北海道の短い夏を満喫し楽しむ声が溢れているのだが、今年もそれは無く夏の陽ざしだけが例年通り暑く降り注いでいた。

東菱製薬の札幌支店は、大通り西11丁目にあるビルの7階に入っていた。

予め連絡を受けていた総務課長が笹井と高島を応接室に案内した。

「亡くなった町村部長の事で、お聞きになりたいというのはどんな事でしょう」

名刺を笹井と高島に渡した北原という総務課長は、二人の様子を探るかのように切り出した。

笹井は、東京で空木から聞いた金銭横領の話は、胸の奥にしまっておくことにした。

「町村さんの札幌支店長当時の事を聞きたくてお邪魔したんですが、町村さんはススキノのラウンジ『やまおか』というお店に良く行っていたようなんですが、その辺りの事をご存知の方がいらっしゃらないかと思って来たんですが、北原さんは分かりますか」

笹井は北原の名刺に目を落としながら尋ねた。

「私は町村部長とは入れ替わりにこの支店に来たので、その辺の事は全く分かりません。町村部長の支店長時代を知っている人間がいますので呼んで来ます。しばらくお待ちください」

北原は応接室を出て数分後、フチなしの眼鏡をかけた恰幅の良い男を連れて戻って来た。

「八巻《やまき》と申します」その男は笹井と高島に名刺を渡した。

八巻には札幌支店業務推進部長という肩書がついていた。

「八巻さんは、町村さんがラウンジ『やまおか』によく行っていたことはご存知でしたか」

改めて座り直した笹井は、テーブルに八巻の名刺を置き、眼鏡のズレを直した。

「その店には、私は当時の町村支店長とは一度行ったきりでしたが、支店長は卸の幹部の接待には良く使っていたようです。その店は、町村支店長以外は使っていませんでしたし、支店長が転勤した後は、会社としても全く使っていないと思います。その店が町村部長の

死んだことと関係しているのですか」

「いえ、そういう訳ではありません。あの店の亡くなったオーナーママの事で、町村さんにお話を伺いたかったのですが…。それで、もしかしたら町村さんから、あの店の事を何か聞いている方が会社の中にいらっしゃらないかと思ってお邪魔した訳です」

「それでしたら、残念ながらそんな話を聞ける人間は一人もいないと思います。あの店を知っている社員はもう誰もいませんしね」

「『もう』、ということは知っている社員さんが以前はいた、ということですか」

高島が八巻の「もう」という一言《ひとこと》に可能性を求めるかのように聞いた。

「ええ、私が知る限りでは一人だけいましたが、その社員も店を知っているというだけで、当時の支店長から店の事を聞いているとは思えません。町村支店長はその『やまおか』には社員は滅多に連れて行ったりしませんでしたし、社員も支店長の行きつけには行きにくかったと思いますよ。当時、町村支店長には北見にも一軒お気に入りの店があったようですが、そこは私も含めて誰も知らないくらいでしたからね。町村さんはそういうお店を行きつけにするのが好きだったんだと思います」

「その方は今どこに居らっしゃるんですか」

「東京支店の多摩営業所の所長をしている筈です。確か二年半前に異動で東京へ転勤して、まだ東京に居ると思いますから」

「宜しかったらその方のお名前を教えていただけませんか」

高島は聞き取りの流れとして、一応名前を聞くことにして手帳を開いた。

「戸塚所長のフルネームは……」

八巻は総務課長の北原に目をやった。

北原は「ちょっと待って下さい」と言って、応接室をでると、直ぐに戻って来た。

「治樹です。戸塚治樹《とつかはるき》、札幌支店では札幌中央営業所の所長でした」

笹井も手帳に書き留めた。

手帳に書き留めていた高島が「係長、戸塚治樹《とつかはるき》『ＨＴ』ですよ」と小声で囁いた。

「……その戸塚さんは、山登りはしませんか」

笹井は、偶然とは言えイニシャル「ＨＴ」の戸塚治樹の名前を聞いて、空木の言っていた町村と同じ山登りの趣味を持つ「ＨＴ」という話が頭に浮かび、咄嗟《とっさ》に質問した。

「分かりませんが、彼は道産子ですから山も登るかもしれませんが、どうでしょうね」

八巻が腕時計に目をやるのが笹井の目に入った。

捜査本部に戻った笹井から報告を受けた飯住は、一人増えて三人になった「ＨＴ」への対応について笹井と協議し、北見と仙台の「ＨＴ」は笹井と高島で対応することとした。そして今日新たに加わった東京の「ＨＴ」こと戸塚治樹については、国分寺署に情報提供するとともに、転落死した町村康之の会社関係者として聴取を依頼することにした。

札幌中央署から戸塚治樹の情報とともに聴取の依頼を受けた国分寺署刑事課一係は、その日町村康之の家族からの改めての聞き取りをするとともに、遺書と町村個人のスマホを参考品として持ち帰った。

地取り捜査の刑事たちは、商業施設の店員たちへの聞き込みを行うとともに、店内と駐車場の防犯カメラの記録媒体を持ち帰った。

そして石山田が聞き取りをした町村の妻の話では、町村はオリンピック開幕日の先週の木曜日、空木という男性からの電話の後に出かけたが、帰宅後ブツブツと独り言を言ったり、考え込んだりしていつになく機嫌が悪かった。そしてその後、誰かに電話をしてからは、落ち着いた様子で普通に家族一緒にオリンピックの開会式を最後まで見ていた。

土曜日の七ツ石山への山行は、前日に決めたらしく、車を一日使うからと妻に話し、変わった素振りは全く感じられなかった。

遺書に書かれた「罪を償う」の意味が、未だに自分たち家族には全く分からない。一家の大黒柱を失ったショックに加えて、この言葉が家族を一層暗澹《あんたん》な気持ちにさせている。

この石山田からの報告を聞いた浦島は、眼鏡のレンズを拭き、かけ直した。

「スマホの履歴を調べる必要があるな」

「調べました。先週の木曜日の通話履歴は一人しかいませんでした」

「誰なのか分かるのか」

「ええ、スマホに登録されていたようで、田代という人物です」

「田代?」

「フルネームまでは分からないので断言は出来ませんが……」

石山田はそう言うと、手帳を開いて、平寿司で空木が笹井に話していたイニシャルＨＴの二人のうちの一人、「田代寛《たしろひろし》」の可能性があることを浦島に説明した。

「町村氏が電話をした田代という人物が田代寛かどうかは別にしても、田代という人物と町村氏がどういう関係なのか調べてみる必要はある。その人物がどこの誰なのか確認して

おいてくれ。スマホからはそれ以外には情報は？」

「情報と言えるかどうか分かりませんが、転落死する前日と、当日の午前中に、発信者番号非通知での着信が記録されていました」

「通話しているのか」

「ええ、両方とも短時間ですが話しています」

「非通知か…」浦島が呟いた。


受話器を置いた石山田が、椅子に座ったまま顔だけ浦島に向けた。

「課長、田代という人物はやっぱり田代寛でした」

「本人と連絡が取れたのか」

「ええ、大日医療器材という会社の仙台営業所に勤務しているそうで、町村さんの死亡はテレビのニュースで知ったそうです」

「木曜日の電話については？」

「それも聞きました。北海道にいた時からの山の友人で、夏山の相談の電話が架かって来て話したと言っていました」

「北海道の時からの繋がりか……」浦島は眼鏡をかけ直した。

「札幌中央署に情報を入れておきますか」

浦島は、石山田の言葉を聞いて思い出したように「あ、そうだった」と小さく声を上げた。

「札幌中央署から町村氏に関係する男の情報が入ったんだ」

浦島は机の上のノートを開いた。

「東菱製薬の多摩営業所の所長をしている男で、戸塚治樹という人物だそうだ。この人物もイニシャル『HT』だとか言っていて何の事か分からなかったが、さっきの係長の話で凡そ分かった。それでこの人物から『やまおか』のママの妊娠について聴取して欲しいと言って来ている。うちとしても、この人物と町村氏との関係を知りたいところだから聴取に行ってくれないか」

石山田は、「分かりました」と、浦島から伝えられた戸塚治樹の勤務先の電話番号を手帳に書き留めた。

この日の捜査ミーティングが終わると同時に、石山田の携帯が鳴った。スマホの画面に

は空木健介と表示されていた。

「仕事中だったか、申し訳ない」

「今、一段落したところだから大丈夫だよ。飲みの誘いか」

「いやそうじゃなくて、実は今日札幌の笹井さんから連絡があってね、町村さんの周辺にもう一人の『ＨＴ』がいた、と言って来たんだ」

「健ちゃんにも笹井さんは連絡したんだ。義理堅いと言うか、律儀なんだな。うちにもその話は連絡してきてくれたんだ」

「笹井さんもそれは言っていたよ。それでその戸塚治樹という人物なんだけど、俺の知っている人なんだ」

「友達なのか」

「いや、友達じゃあないんだけど、札幌でＭＲをしていた時、同じ病院を担当していた知り合いなんだ。向こうは出世して所長に昇格したから、ＭＲ仲間でいた期間は長くはないけどね」

「なるほど、そういう事か。それで？」

「それで、町村さんの事で聞き取りに行くんだったら、俺も一緒に行かせてくれないかと

思って電話したんだ。笹井さんからの依頼で聞き取りに行くんだろ」

「いくら健ちゃんの頼みでも、突然そう言われても…」

石山田の困惑した言い方に、空木は石山田の弱り顔を想像した。

「戸塚さんの顔も、事情も知っている俺が一緒にいた方が、巌ちゃんにとっても都合は良いと思うけどな。浦島課長に頼んでくれよ。俺は山岡美夏を妊娠させたのは、町村さんじゃないと思っている。俺の仕事として、戸塚さんにも会って聞いてみたいんだ。ダメなら一人で会いに行くよ」

「……課長に相談はしてみるけど、期待はするなよ」

石山田は電話を切ると「やれやれ」と呟いた。


翌日の金曜日、前日の聞き込みでは有力な情報を得られなかった国分寺署の刑事たちは、朝から商業施設の店内と駐車場の防犯カメラの分析を続けた。

正午前、町村康之の遺書からの指紋採取に関して、鑑識課から報告があった。それによれば、町村の指紋は採取されず、採取されたのは町村の家族の指紋に加えて、判然とはしないものの町村とは別人と思われる指紋が採取されたとのことだった。

鑑識課からの報告を受けた浦島と石山田は、遺書から町村の指紋が採取されなかっただけでなく、別人の可能性のある指紋が採取されたことで、遺書は町村が作成して車に置いたものではなく、別人が作成し町村が転落した後、車内に置き残したものである可能性が高いと判断した。

このことから町村の転落は、自殺に見せかけた殺人である可能性が高くなったと考え、警視庁刑事部と協議した上で、国分寺署内に署長を本部長とする捜査本部を置くことになった。

午後から会議室の入口には、「小金井商業施設転落死捜査本部」という戒名が貼られ、国分寺署刑事課に近隣警察署からの応援も加わり、二十人余の捜査員による捜査となった。

午後三時過ぎになり、防犯カメラの分析を続けていた捜査員から、店内カメラに写り込んでいた男の写真数枚が捜査本部に上がって来た。

その写真には、白っぽいズボンに半袖のポロシャツ姿で、ベースボールキャップにマスクをした男が歩いているところが写っており、その男は黒っぽい細長いバッグを肩に掛けていた。その男は、施設の出入り口と7階のエレベーター昇降口のホールの二か所の防犯カメラに、七月二十五日日曜日の午後一時四十三分から午後二時十五分の間に計四回に亘

って写り込んでいたが、マスクをしたその顔は全く判らなかった。

「係長、この男をどう思う」

浦島は、石山田に意見を聞いた風だったが、それはある同意を求めているかのように石山田には聞こえた。

「犯人《ほし》と思われる、重要参考人です」

「この黒っぽい細長のバッグは何だと思う」

「…恐らく、野球のバットケースではないかと思いますが」

「バットケースだとしたら、この中にバットが入っている訳か」

「町村さんを殴打した硬い物はバットかも知れませんね」

「係長、はっきりとした影が見えたな」

浦島は「よし」と言って席を立った。


夕方から始まった捜査本部の会議で、捜査員全員に防犯カメラに写り込んだ、バットケースらしきバッグを持った男の写真が渡された。

副本部長の浦島からは、殺人と断定は出来ないものの、その可能性が高いこと、しかし

殺人だとしても怨恨なのか、何なのか現状では動機は全く分からない事が話された。そしてまず、事件当日の午後一時三十分から午後二時三十分頃の間に、駐車場から入出場した全ての車の所有者を洗い出し、7階駐車場で写真の男らしき人物を見なかったか聞き込みをするよう指示が出された。さらに、武蔵小金井駅付近の防犯カメラの分析と、町村康之の職場関係者からの聞き取りで事件の動機に繋がる情報が無いか当たる、所謂《いわゆる》鑑取り捜査の指示も出された。

杜《もり》の都

　捜査本部の会議が終わった後、石山田は、戸塚治樹と面会のために立川に向かった。

　今日は同行する刑事はおらず、単独での面会となったが、それには理由があった。浦島の配慮で空木の同席を黙認してくれたのだが、それが為に単独で面会するしかなかったのだった。

　陽は奥多摩の山々の向こうに沈みかかっていたが、暑さは一向に収まる気配はなかった。

　戸塚の希望で会社の外での面会となり、約束の場所の、最近できた話題のホテルの前に石山田が着いた時には、既に空木が一人の男と談笑していた。

　空木は石山田に気付くと、横の男を促してベンチから立ち上がり、合図するかのように片手を挙げた。

「戸塚さん、国分寺署の石山田刑事です」

　空木はその男に石山田を紹介した。

「戸塚です」その男は名刺を石山田に渡して挨拶した。

石山田は、その名刺を大事そうにポケットに入れた。

「国分寺署の石山田です。今日は忙しいところをお呼び立てしてすみませんが、お訊きしたい事がありますので宜しくお願いします」

石山田は警察証を戸塚に見せた。

「警察からの電話には驚きましたが、その後空木さんから連絡が来たのにも驚きました。そうは言っても、刑事さんと探偵さんの二人から話を聞かれるというのは気持ちの良いものではありませんね」

「戸塚さん、そう言わずに少しの時間ですから協力してください。それにしてもここで話すのは、暑いですし、通行する人の邪魔にもなりますから、ホテルのラウンジで話しませんか」

空木は二人にそう言うとホテルの入口に歩いた。

「昨日、電話でもお話しした、亡くなった町村康之さんのことでお聞きしたいのですが、戸塚さんは札幌からのお知り合いとお聞きしました。最後に町村さんとお会いになったのは何時《いつ》ですか」

石山田はアイスコーヒーを口に運び、手帳を開いた。

「最後に会った…。部長は自殺だったと聞きましたが…」

自殺をした人間と最後に会ったのが何時《いつ》なのか、という質問に一体何の意味があるのか、戸塚にはその意味が理解できず、戸惑いの言葉と表情を浮かべた。

「自殺という判断を変えてはいませんが、いくつか疑問な点があって、それを確認する必要が出てきたんです」

「……分かりました。町村部長に最後に会ったのは、五月に開かれた全国所長会議の時ですが、顔を会わせただけで一言も話はしていません。刑事さん、もしかしたら部長は誰かに突き落とされたんですか。その疑いが部長を恨んでいた私にあるということですか」

戸塚の表情は、さっきまでの戸惑いから、驚きと困惑の表情に変わった。

「疑っている訳ではありません。ただ確認をさせていただきたいだけなんです。七月二十五日日曜日の午後二時頃、戸塚さんはどちらに居らっしゃいましたか」

「四連休の最終日ですね。札幌の自宅から戻って来る日でしたが、その時間ならまだ家に居ました」

「戸塚さんは単身赴任なんですね。ご家族と一緒だったという事ですか。念のため飛行機

の時間を教えていただけますか」

　戸塚はスマホを取り出した。

「ＡＤ航空の新千歳空港17：05発です」

　答えた戸塚の表情は、幾分ホッとした表情になっていた。それを手帳に書き留めた石山田に、空木が質問して良いか確認した。

「戸塚さん、さっき『部長を恨んでいた』と言われましたけど、恨むようなことがあったんですか」

「さっきは少し勢いで言ってしまいましたが、今は恨んではいません。当時は札幌というか、北海道を離れたくなくて、支店長の嫌がらせだと思って、暫くは恨んでいましたよ。でも今は、東京に転勤して来て良かったと思っています。家内や家族の有難さも改めて感じる機会にもなりましたからね」

「嫌がらせですか。良かったら何故そう思ったのか話してくれませんか。それが特別な意味がある訳ではないんですが、私の仕事の延長線で、町村さんがどんな方だったのか知りたいだけなんです」

「仕事？空木さんの探偵の仕事ですか」

戸塚は、自分の話より空木の探偵としての仕事の中身に興味を持ったようだった。

「二年前に亡くなった女性の男性関係を調べるという仕事を依頼されたんです。その女性はススキノの飲み屋さんのママだったたんですけど、町村さんはその店に良く行っていたそうなので、町村さんとママの関係を調べたかったのですが、亡くなってしまって…。それで札幌支店時代の町村さんの女性関係を聞ける人がいれば、と思っていたところへ、戸塚さんの名前が出てきたので私にとっては好都合だったという訳です」

空木の説明を聞いた戸塚は、増々興味を増したようで身を乗り出した。

「ススキノの店は『やまおか』のことですか」

「その通り、良くご存知ですね」

「ママが亡くなったことは知りませんでした。私はあの店に二度行っただけですが、ママがすごく綺麗だったので良く覚えています」

「行ったのは二回だけですか」

「ええ、一度は町村支店長に連れられて行きました。私が所長に昇格したお祝だったと思います。二度目は一人で行きました」

「一人で行ったんですか」

「あの店の料金がどうなっているのか確かめたくて行ったんです。支店長と一緒の時は、支店長が会社のカードで支払ってくれたらしいんですが、経理の社員が「高い店に連れて行ってもらって良かったな」と言うんで、いくらだったのか聞いたら、一人一万五千円だったんですよ。そうは思えない店だったので、いつか一人で行って確かめてみようと思って行った訳です」

「それでどうでした」

「一人で飲んで七千円でした。キャッシュで払いました」

それを聞いた空木は、心の中で「やっぱり」と呟き、石山田に向けてドヤ顔をして見せた。

「それを町村さんに話した事で嫌がらせを受けたという事ですか」

「それもあるのかも知れませんが、思い当たるのは、女性関係の話をしてからだと思うんです」

「女性関係の話？『やまおか』のママですか」

「そんな話から始まったんですが、私が北見の焼肉屋で、支店長が女性と一緒に居るところを偶然見たという話をした時からです。その話は会社にもどこにも話さないでくれと言

われまして、何故か無視され始めたのはそれからです。何が気に食わなかったのか分かりませんが、私には嫌がらせとしか思えませんでした。その後、東京への異動の話が出ましたから、完璧な嫌がらせだと思いましたよ」

戸塚の話を聞いた空木は、札幌の後輩が調べてくれた町村の評判に関する報告に、北見に通っている店があるらしいという噂がある、という報告を思い出していた。

「その女性は『やまおか』のママではなかったんですか」

「違いましたね。私の印象では、水商売の女性の雰囲気でしたが、年齢が『やまおか』のママより上だと思いました」

「そうですか。戸塚さんから見たら、町村さんと『やまおか』のママとの関係はどう見えました？」

「親しいとは思いましたが、どちらかと言うと町村支店長はママから敬遠されているように私には見えましたから、深い関係というような事は無いと思いますけど……」

「なるほど。ところで北見で町村さんを見かけたのはいつ頃だったんですか」

「私が東京へ転勤する前の夏の初めだったと思います。山友達三人で斜里岳《しゃりだけ》に登りに行った帰りの土曜日で、札幌に帰る前に北見の焼肉を食べて帰ろうと、ある焼肉屋に入って見

かけたんです」

「そう言えば、戸塚さんも山をやるんでしたね。町村さんとも山に行かれた事があるんですか」

「いえありません。山が趣味だとは聞いていましたが、一緒に登ったことは無いです。社外に山友達がいたようでしたね」

それがイニシャルＨＴの男のことだと空木は直感した。

「その町村さんの山友達という人は、大日医療器材という会社に勤めている方ではありませんか」

空木と戸塚のやり取りを聞いていた石山田が、言葉を入れた。

戸塚は、首を捻って「そこまでは分かりません」と答え、アイスコーヒーを口に運んだ
戸塚からの話を聞き終えた二人は、ホテルの出口で戸塚と別れ、晩飯に近くの蕎麦屋に入った。店内は比較的空いていて、二人はビールと親子丼を注文した。

「巌ちゃん、大日医療器材を良く覚えていたね。田代寛という人物の勤める会社だ」

「俺も刑事だからね。健ちゃんは事情を分かっているから話すけど、健ちゃんが小金井公

ったんだ」

園で町村さんと会った後、町村さんは田代寛に電話をしている事がスマホの履歴から分か

「通話履歴に田代寛の名前が残っていたという事か」

「田代としか残っていなかったんだけど、その番号に直接電話をして本人に確認した。田代寛は大日医療器材の仙台営業所に勤めていたよ」

「札幌から仙台に転勤していたのか。つまり町村さんと親しい『ＨＴ』というのは田代寛という人物だったということか。その事はもう笹井さんには連絡したのかい」

空木は、仙台という地名を聞き、およそ二年前、失踪した山岡美夏の消息を知らせるかのように装った、四通の手紙の最初の一通の消印局が仙台だったことが頭に浮かんだ。

「笹井さんも田代寛が仙台の営業所に勤務していることは承知していて、直接本人にも連絡しているそうだ。この前、健ちゃんから聞いた情報から分かったそうだ」

「巌ちゃん聞き取りに行くんだろ」

「来週の月曜日の朝に仙台まで行ってくる。笹井さんは先に北見へ行くとかで、まだ予定していないそうだ」

二人は、運ばれて来た瓶ビールをお互いに注ぎ一気に飲んだ。

「町村さんは、田代という人物と何を話したのかな。俺と二度と会わない、と言って別れた後だけに気になるな」

空木は二杯目のビールも一気に空けた。

「田代の話によれば、夏山の相談だったという事だよ」

「そうか、山友達と言うだけに尤《もっと》もらしい話だな」

「尤もらしいか……」

「俺の勝手な想像だけど、その電話は亡くなった山岡美夏さんの妊娠に関係した話だったんじゃないかと思っているんだ」

空木は、小金井公園で町村に質問した場面を思い出していた。

山岡美夏の失踪を知った時期について、会社の金の横領について、そして山岡美夏の妊娠の件を質問し、町村は全てを否定した。空木は最後に、親しい友人の『HT』とは誰のことなのかと聞いた時、町村は一瞬の躊躇の後、知らないと答えたが、その時脳裏には『HT』が浮かんだ。そしてその『HT』が山岡美夏を妊娠させた相手ではないかと想像したのではないか。田代に電話をしたのは、それを確認する為で、結果は町村が想像した通り、『HT』こと田代寛が妊娠させた相手だったのではないか。

町村はそれを知って腹立たしかったのかも知れない。どうするか考える為に七ツ石山に登ったのかも知れない。そこで偶然にも自分に出会ったこともきっかけになったのかも知れない。そして山岡美夏の妊娠の相手を捜している探偵に、話す決心が付いた。

空木がこの推理を石山田に話すと、親子丼を食べ始めていた石山田は箸を停めた。

「妊娠の相手が田代だとしても、それが町村殺しにどう繋がる。動機は何だ、脅迫されたのか」

「……山岡美夏の殺人の口封じだとは考えられないかい。罪を全て町村さんに被せての口封じということは考えられないか」

「……あり得るな。でも健ちゃん、あの小金井の商業施設の駐車場に呼び出す人間は、ある程度の土地勘が無いと出来ない事だと思うけど、田代は仙台だぞ」

「……大日医療器材の本社は東京だし、勤務経験があれば知っているかも知れないよ」

「仙台の聞き取りで確認する」

石山田は、親子丼を食べ始めた。空木もビールを飲み終えて、親子丼に箸をつけた。

「町村さんのスマホの履歴はそれだけだったのかい」

「いや、転落死した前日と当日の午前中に、発信者番号非通知っていう奴から一件ずつ入

っていた」

「それも田代かも知れないな」

「だとすれば決定的だけど、公衆電話からかも知れないし、特定するのは難しいようだ。まずは参考人として当日のアリバイから確認だ」

石山田は食べ終わり、水を口にした。そして一枚の写真をカバンから取り出して空木に見せた。

「この写真の男が、あの日の町村さんが転落した時間の前後に、あの施設の防犯カメラに写っていたんだけど、これが田代寛だったらドンピシャなんだ」

空木はその写真を手に取って、じっと目を凝らした。

「これはバットケースだね。野球帽にバットケースならマッチはしているが……。このケースの中にバットが入っていれば、町村さんを殴って落とせるという事か。ところでこの写真俺に見せて良いのか」

「健ちゃん野球部だっただろう。何か参考になる事が聞けないかと思って見せている訳だよ」

空木は写真を石山田に返すと、また親子丼を食べ始めた。静かに食べている間、空木は

何か考えているようだった。

「巌ちゃん、町村さんは背中に近い脇腹を殴られていたんだよね」

「そうだ」

「バットで思ったんだけど、殴った人間はもしかしたら左利きじゃないだろうか。町村さんが殴られた箇所を想像すると、右利きつまり右打ちなら前から殴らないとその箇所には痕は付かないと思うんだ。人間、前から殴られそうになったら何らかの防御姿勢を取るんじゃないか。でも後ろからならそういう訳にはいかない。突然殴られたとしたら後ろからだろう。後ろからあの個所を殴るとしたら左利きだと思う。１００％左利きとは言えないけど、左打ちは間違いないと思う」

「確かにそうだな。考え付かなかったよ、参考になった。ありがとう」


石山田と別れ、事務所兼自宅に戻った空木が、パソコンのメールを開くと、万永《まんえい》製薬（株）上木《うえき》という名前でメールが着信していた。

「お久し振りです。北見を担当している上木です。同期の山留《やまどめ》からの依頼の田中先生の件ですが、直接私から送信することになりました」という前文から始まったメールは、田中

秀己医師のラウンジ「やまおか」に行く頻度と、町村康之との関りについて書かれていた。「やまおか」には、月に一回大学の外科医局の会議の後、行っている。東菱製薬の町村という支店長には、一度だけ病院で挨拶されたようで、名刺が残っていた。私が先生に聞いた二つの事は、札幌の警察からも同じように聞かれたが、万永《まんえい》製薬が聞いてくるのはどういうことなのか聞かれたので、退職して今は探偵をしている先輩からの頼み事で、良く分からないと答えたところ、一度連れて来いと言われたが、東京に居るので難しいと答えておいた、と書かれていた。さらに追伸として、田中先生からは、自分よりも放射線部の部長の方が「やまおか」には行っている、と聞かされたと書かれていた。

空木は、御礼と先生を怒らせてしまったことを詫びるメールを送信した。上木が田中医師にどんな聞き方をしたのか、どの程度親しい関係なのか分からないが、空木が調査を依頼したことで後輩の上木に迷惑が掛かっていることは間違いない事で、空木は安易に依頼したことを悔やんだ。

翌週の月曜日、石山田と河村刑事は、約束の時間の九時に合わせて仙台駅から大日医療器材仙台営業所に向かった。

東北三大祭りの一つに数えられる仙台七夕まつりの時期だったが、飾りは自粛の為か数は少なく、賑やかさは無かった。

営業所は、広瀬通りが晩翠《ばんすい》通りに突き当たる、西公園の交差点付近のビルにあった。

一階が倉庫、二階が事務所として使われていて、石山田と河村はその事務所の応接室で田代寛と向かい合った。

田代寛は、陽に焼けた顔に笑みを浮かべながら二人と向かい合った。

「東京からわざわざご苦労様です。町村さんの自殺の事で私に聞きたいという事ですが、どんな事でしょう。先日、電話でお話ししましたが…」

石山田は軽く頷いて、手帳を開いた。

「実は町村さんは、遺書を残していたのですが、それには『罪を償う』と書かれていました。その罪とは一体何の事なのか調べています。ご遺族には全く思い当たる事は無いという中で、北海道の時からのお付き合いで、亡くなる直前にも電話で話されている田代さんなら何か思い当たる事があるのではないかと思ったんですが、いかがですか」

石山田は、昨日立川の蕎麦屋で、空木が言った「罪を背負わせての口封じ」をしたのが田代だとしたら、「罪」という言葉にどんな反応をするのか見たかった。

「罪ですか…」

　田代は眉間に皺を寄せて首を捻って考え込んだ。

「私には全く見当がつきません。」

「札幌の『やまおか』というお店に関係した事で思い当たる事もありませんか」

「やまおか」の名前を聞いた田代は「えっ」と小さく声を出した。

「刑事さんが『やまおか』をご存知だとは思いませんでした。町村さんとはあの店で知り合って何度かご一緒しましたが、思い当たる事は特にありません」

「そうですか。分かりました。ところで田代さんは仙台も単身赴任ですか」

「いえ、自宅は市内の泉区の八乙女《やおとめ》という所でして、家族と一緒に住んでいます」

「東京に住んだことは？」

「一度もありません」

「ご家族も？」

「息子が東京の大学に通っていて、三年生です」

　二人は手帳にペンを走らせた。

「息子さんは東京のどこにお住まいですか」

河村が、石山田に代わって質問した。

「通っている大学のある国分寺市だと聞いていますが、それが町村さんの自殺とどんな関係があるんですか」

田代の口調は、不満と同時に怒気が込められていた。

「立ち入った事までお聞きして申し訳ありません。刑事の悪い癖で勘弁してください」

石山田が河村に代わって頭を下げて詫びた。

「最後にもう一つ伺いたい事があります。町村さんが亡くなった七月二十五日日曜日の午後二時過ぎですが、田代さんはその時間はどちらにいらっしゃいましたか」

石山田の質問に田代の顔が強張った。

「……町村さんは自殺ではなかったんですか」

「転落死は間違いない事実ですが、その直前に誰かと会っていたようなんです。我々としては、その方から事情を聞くことが重要だと考えています。従って、話を聞かせていただく全ての方に同じ事を聞いています。ご理解ください」

「誰かと会っていた………私はその時間というか、その日は安達太良山《あだたらやま》に登っていました」

「安達太良山ですか?」

「福島県の山です。前日に麓の岳《たけ》温泉に泊まって、その日は朝から安達太良に登りました」

「どなたかと一緒でしたか」

「いえ」

「その山に登っていた事を証明出来る物はありませんか」

「そう言われても、単独でマイカーで行きましたので…。宿に確認していただければ分かる筈です」

　田代はスマホを取り出して、宿泊した宿の名前を二人に告げた。

　石山田は田代のスマホを見て、このスマホに非表示で発信した証拠が残っているかも知れないと思った。

「田代さん、誠に突然で申し訳ないのですが、そのスマホの通話履歴を確認させていただけないでしょうか。最後に町村さんと通話した履歴を確認したいんです」

「……」田代は一瞬の間を置いて、渋々通話履歴の画面を開いて石山田と河村に見せた。

「失礼」と言って石山田はスマホを手に取って見た。画面には、非通知で発信したという履歴は残っていなかった。

「お手数をお掛けしました。ありがとうございました」

石山田はスマホを田代に返すと、名刺を取り出し、

「町村さんの事で何か思い当たる事があったら連絡して下さい」と名刺を渡し、「宜しかったら、田代さんの名刺もいただけますか」と言った。

田代は用意していたのか、シャツの胸のポケットから名刺を取り出し、二人の前のテーブルに一枚ずつ置いた。

その時、ドアがノックされ女子社員が、田代に電話が入った事を告げた。

田代は「失礼します」と言って応接室を出ると、五分程して戻って来た。

「田代さん、申し訳ありませんが、ご自宅の住所と電話番号をこの名刺の裏に書いていただけませんか」

田代が不快な顔をするだろうと石山田は想像したが、田代は何かを考えているのか、何も言わず、求めに応じて石山田に渡した。

「田代さんは左利きなんですね」

「ええ、そうです。そろそろ会議が始まるんですが、もう宜しいでしょうか」

二人はソファから立ち上がり、田代に礼を言って営業所を出た。

時刻は九時半を回ったところだった。

河村が停めたタクシーに乗ると、石山田は運転手に「青葉城」と指示した。

「係長帰らないんですか」

「時間も早いし、折角仙台まで来たんだから青葉城ぐらいは行こう。付き合え」

タクシーは広瀬川を渡り、坂道を上って五分程で青葉山公園の駐車場に着いた。

二人は仙台城、別名青葉城の本丸跡に建つ、伊達正宗公の騎馬像の前に立って、人口百万人の東北随一の大都市仙台市街を眼下に眺めた。

「♬広瀬川流れる岸辺…♬」

「河村、お前その歌知っているのか」

「曲名は知りませんが、親父がよく歌っていたんでここだけ知っているんです。仙台の歌なんでしょう」

「青葉城恋唄っていう曲だ。覚えておけよ。ところで、電話で呼び出されて戻ってきた後の田代の様子だが、おかしかったな」

「そうですね。心ここにあらずという感じでしたね」

「それであの田代という男を河村はどう思う」

「どう思うと言うと」

「町村さんをバットで殴って、駐車場から突き落とした犯人の可能性だよ」

「今日の話だけではそれはどうですかね。アリバイもありそうですよ。田代の名刺の指紋が遺書の指紋に一致でもすれば話は別ですが、遺書の指紋がかなり不鮮明の様ですからね」

河村は、石山田が先週面会した戸塚治樹の名刺の指紋と、遺書の指紋の照合が出来なかったことを言っていた。

「俺は、今日の話を聞いて疑いが深くなったよ。大学生の息子が国分寺に住んでいるということは、あの辺りの土地勘もある可能性がある。それに左利きだ」

石山田は、空木が言った「殴った人間は左利きの可能性がある」という言葉が、左手で字を書く田代を見た瞬間に蘇った。

「左利きですか…」

怪訝な顔をする河村に、石山田は、町村の背中に近い左脇腹についた殴打の痕について、左利きの人間が殴ったのではないかという空木の推理を説明して聞かせた。

「なるほど、そういうことですか。係長、田代が泊ったという温泉宿で裏を取りましょう」

石山田は腕時計を見た。

「そうだな、まだ時間も早い。今から行こう」

二人は青葉山公園に停めていたタクシーで仙台駅に向かった。

仙台駅から新幹線で福島駅に向かい、東北本線に乗り換えて二本松駅で下車した。そこから岳温泉まではタクシーで二十分程だった。

田代は宿泊したと言った宿に、七月二十三日金曜日に予約、二十四日土曜日の午後五時過ぎにチェックイン、翌七月二十五日日曜日の午前九時過ぎにチェックアウトしていた。

宿から安達太良山の登山口の駐車場までは、車で二十分とかからないと宿の主人は言った。

主人は田代には特別変わったところは無かったと言い、小振りのザックを背負っていたことぐらいしか記憶にはないと話した。

「黒い細長いケースは持っていませんでしたか」

「いいえ、持っていなかったと思います」

「係長、バットケースを持ってきていたとしても、車の中に置いておくでしょう」

「それもそうだな……」

石山田は宿の主人に礼を言い、待たせていたタクシーに歩いた。

「係長、田代は随分急に泊まる事にしたようですね」

「確かに急だが、山登りを急に決めたとしたらあり得る話だ」

「係長、朝九時半に宿を出たとしても、武蔵小金井に午後一時過ぎに着くことが出来ますよ」

少し前から、スマホの画面を操作していた河村が、画面を石山田に見せながら言った。

「調べてくれていたのか。アリバイは成立しないということにはなるが、武蔵小金井に行ったという証明にはならないからな…」

「でも、山に登っていたと言う田代の話が嘘ということになります。なんとかいう山に登っていたと言ったのは本人ですからね。嘘が明らかになれば田代を重要参考人として聴取出来ますよ」

「よし、二本松の駅の防犯カメラを調べるぞ」

石山田は、腕時計を見てタクシーの運転手に二本松の駅を指示した。

駅に着いた石山田は警察証を駅員に提示し、事情を説明した上で防犯カメラの確認の協力を求めた。暫くして許可が出ると、二人は七月二十五日日曜日の午前九時三十分から十時十分までの間に、改札口に据えられたカメラに映った乗客を確認した。

「この時間帯にここから乗れば、下りなら福島駅10：43発のやまびこ134号に、上りな

ら郡山駅10：37発のなすの272号に乗れます。それで武蔵小金井駅に午後一時過ぎに着くことが出来ます。このカメラに映ってさえいれば……」

　二人は黙って目を皿のようにしてビデオを見た。

「全ての人がマスクしていて顔が分からん」

「係長、細長いバッグを持っている人もいませんけど、見事に女性と子供しかいませんね」

「車で小金井まで行ったのか…」

「その可能性はありますが、駐車場のカメラには宮城ナンバー、仙台ナンバーの車は勿論、男性一人で運転している車は無かったですからね」

「……河村、お前なら福島と郡山のどっちの駅を選ぶ」

「車で駅まで行くとしたら、東京に近い郡山駅を選びますが、調べるなら両方の駅を調べる方が良いでしょう。乗車しなければならない新幹線は分かっていますから、必ず見つかる筈です」

　二人は駅員に礼を言って下りのホームに向かった。

　福島駅の新幹線改札口の防犯カメラ、更には移動して郡山駅の防犯カメラの確認を二人が終えたのは、夜の八時を回っていた。両駅共に、田代らしき男は確認出来なかった。二

人は念のため両駅の防犯カメラの記録媒体を持ち帰る事にした。

石山田たちが、郡山駅から東京に向かっている頃、空木のスマホに山岡清美からメールが届いた。

久し振りの清美からのメールに、空木は札幌の警察から連絡が入ったのかも知れないと想像したが、そうではなかった。

そのメールに書かれていた事は、ラウンジ「やまおか」についての事でこう書かれていた。

姉が亡くなった事が分かってから考えていた事だったが、今日、店の経営を正式に永川咲に事業譲渡する契約をした。店の入っているビルの管理会社とも、契約者の名義変更手続きを済ませたとあった。その際に、気になる事があったので空木にメールをした。それは、永川咲の戸籍上の名前、つまり本名は四倉《よつくら》咲だったことと、管理会社との契約手続きの時、店の鍵とセキュリティーカードの数が、当初の契約の時の数から減ることなく揃っていたことが不思議だと書かれていた。そして最後に、空木が札幌に来てくれれば色々相談出来て嬉しい、と締めくくられていた。

空木には、清美が何に気になるのか良く分からなかった。夜の店で本名ではない名前で働く女性はたくさんいるし、鍵の数が契約通り揃っていることは当然で、何が気になったのか分からなかった。

空木はその夜、久し振りに焼酎の瓶を手に、歩いて二十分程のところにある両親の住む実家に行った。

翌日の朝、石山田が署に出て間もなく、札幌中央署の笹井から電話が入った。

「昨日の田代寛氏の聴取で、こちらの事件に繋がりそうな話があればお聞きしたいと思って、厚かましくお電話させていただきました」

田代との面会、聞き取りの前に少しでも情報を持っておこうとしている笹井の真面目さが石山田にも伝わった。

「笹井さんの期待に反して申し訳ないのですが、そちらの事件については触れないようにしていたこともあって、お伝えするような話はありませんでした」

「そうですか…。それで、そちらの事件への関りはどんな感触ですか」

「これから浦島課長に報告して相談するつもりなんですが、私は個人的には、重要参考人

というより、容疑者に近いと考えています」

「容疑者ですか」

「田代は以前からかなり頻繁に町村さんと連絡していたと思います。二人の間に何があったのか分かりませんが、ある男の推理によれば、『やまおか』のママの妊娠の相手は田代ではないか、その事が町村さんの転落死に何らかの関りがあるのではないかと考えているようです。私もその男の推理はあり得ると思います。田代の当日のアリバイも確たるものではありませんし、私はそこから切り崩して行こうと考えているんです。まだまだこれからですが」

石山田は、自分が話している言葉に力がこもってきたことを自身で感じた。

「田代氏と町村さんが連絡を取り合っていた可能性が高いというのは、我々にとっても重要な点です。もし、田代氏が『やまおか』のママの妊娠の相手だとしたら、それは我々が捜している男です。重要参考人どころか死体遺棄の容疑者ですよ。ところで、ある男の推理と言われましたけど、それはひょっとしたら空木さんのことですか」

「当たりです。今夜も会うことになっています」

「やはりそうですか。宜しくお伝えください。札幌に来ることがあったら一杯やりましょ

う、とお伝えください」

「伝えます。ところで、笹井さんは田代からの聞き取りにはいつ行くんですか」

「それが昨日の午前中に電話したんですが、出張続きとかで金曜日まで延ばされました」

石山田は昨日、田代からの聞き取りの時に掛かって来た電話は笹井からの電話だったのではないかと直感した。あの時、戻って来た田代は、「心ここにあらず」だったように見えた。

「そうですか、お互い頑張りましょう」

石山田のその励ましは、笹井に向けて言っているばかりではなく、石山田自身に気合を入れる言葉だった。石山田は力を込めて静かに電話を置いた。


河村刑事とともに課長の浦島に報告を終えた石山田は、田代が小金井に土地勘がありそうなこと、そして左利きであることも含めて、田代が町村の転落死に関わっているという推理を浦島に伝えた。その推理はこうだった。

札幌の「やまおか」のママ、山岡美夏の死体遺棄に絡んで、空木たちの追及を受け始めた町村は、山岡美夏を妊娠させたのは田代だと推測し本人に確認の電話をした。身の潔白

を証明する為か、町村はその事を空木に話そうとしたが、田代はそれを止《や》めさせようとした。田代にとってその事を公にされると都合の悪い事があった。それは、家族に対してなのか、或いは山岡美夏の死体遺棄に関連しての事なのかは分からないが、とにかく公にされたくなかった。しかしながら、町村は田代の説得を聞かなかった。説得を聞かない町村を殺害することを決心した田代は、登山をアリバイに使うこと、町村を自殺に見せかける事を思いついた。転落殺害の日、田代は前日から宿泊していた宿を九時過ぎに出ると山には向かわず、車と新幹線を使って、町村を呼び出した武蔵小金井駅近くの商業施設に向かった。

そこで用意したバットを使って町村の後ろから左脇辺りを殴打し、抵抗できない状態になった町村を駐車場の7階から突き落とした。そして、これも事前に用意した遺書を町村の車の中に置いた、というものだった。

「係長の推理は、中《あた》らずと雖《いえど》も遠からず、だと私も思う。ただ、現時点では何一つ証拠は無い。田代が山に登らずに新幹線を使って現場に来たという証拠も無いし、殴ったと言うバットも見つかっていない。遺書に残された指紋と田代の名刺の指紋が一致すれば良いが、遺書の指紋が不鮮明なだけに期待できないときてる。まず、登山していたというアリバイ

を崩して、田代の嘘を明らかにすることだ。そして次にバットを見つける」

浦島は石山田に目をやり、次に河村の顔を見た。

「駅の防犯カメラを何度も見て思ったんですが、あの黒くて長いバットケースを持って歩いたら目立ちますよ。行き帰りとも持っていたんでしょうか」

河村が腕組みをして眉間に皺を寄せた。

「それも一理ある。行きは持っていたとしても、帰りには何処かに捨てた可能性もある。少なくても家まで持って帰らないだろう。見つけるのは難しいかも知れないな」

「課長、田代に土地勘があるとしたら、現地調達したとは考えられませんか」石山田だ。

「武蔵小金井の駅の近くにスポーツ用品店があるのか？」

「いえ、分かりません。分かりませんが、新幹線で移動してきたとしたら、当日の午後一時十分頃に武蔵小金井に着きます。近くにあれば出来るかと……」

「ちょっと待って下さい」

二人のやり取りを聞いていた河村は、スマホを開いて何かを見ていた。

「ありましたよ。駅から歩いて五分程の小金井街道沿いにスポーツ用品店がありますよ。ただ、この店にバットとバットケースが置いてあるかですが…」

「係長、直ぐに当たってくれ」

石山田と河村は席に戻り、バッグを肩に掛け刑事課を出た。


夕方からの捜査会議で、捜査員たちからそれぞれの捜査について報告された。

東菱製薬本社の町村の所属する部署での聞き取りからは、自殺に繋がる話も、町村が人から恨まれる話も聞くことは無かった。

札幌中央署からの情報で面会した、札幌支店長当時の部下だった戸塚治樹に関しても、石山田から聞き取りの結果、戸塚が一時的に町村を恨んだ時期もあったようだが、事件当日は実家のある札幌からの飛行機に搭乗して東京への帰途だったことが報告された。

続けて石山田からは、田代寛についいて報告された。町村のスマホの通話履歴から浮かんだ人物である事、北海道にいた時からの友人であることが報告された後、当日のアリバイが証明出来ない事も含め、状況的には現状では重要参考人だと報告された。

次に商業施設、駐車場、駅の防犯カメラでの捜査について報告された。商業施設のカメラに映っていた、黒く細長いバッグを肩に掛けた、ベースボールキャップの男は、武蔵小金井駅の改札口のカメラにも写っていた。その時間は日曜日の午後二時十八分と報告され

たが、降車駅は特定出来ておらず、特定するためには全ての駅のカメラを確認しなければならず、しばらく時間がかかることも報告された。

報告を聞いていた石山田が手を上げ、立った。

「降車駅については、新幹線への乗換駅に重点を置いて調べて欲しい。東京駅の東北新幹線改札口、武蔵野線での移動を考えれば、西国分寺駅と武蔵浦和駅、それと大宮駅の新幹線改札口を調べて欲しい」

石山田は、田代の仙台への帰路を頭に描いていた。

そして石山田は立ち上がったまま、今日の聞き込みで掴んだスポーツ用品店での情報を報告した。

「七月二十五日日曜日の午後一時半頃、金属バット、バットケースそして野球帽を買った男がいました。マスクをしていて顔は覚えていないとのことでしたが、店主の印象に残っていたのは、話し方、イントネーションだそうで、自分と同じ宮城県の訛りを感じたとのことでした」

「その店でバットとケースを買った男が、商業施設の駐車場に行ったということか。その男は宮城訛りがあったということは、仙台に住んで居る田代寛の可能性が高いという事か」

浦島は、確かめるかのように石山田に訊いた。

「田代の生まれが宮城なのか確認出来ていませんが、聞き取りの時の印象は、標準語のイントネーションとは言えませんでした。ただ、本人は当日安達太良山に登っていたと言っていますから、現段階では購入者が田代だとは断定出来ません」

石山田は浦島に答えたが、買ったのは間違いなく田代寛だと確信していた。

最後に鑑識から、遺書から採取された指紋と、田代寛の名刺から採取した指紋は、やはり遺書の指紋が不鮮明のため判定できないと報告された。

全ての報告が終わり、浦島が立ち上がった。そして、バットの購入者を特定すること。バットとバットケースの所在の捜索。田代寛の当日の足取りを徹底的に調べるよう指示が出されて捜査会議は終わった。


その夜、石山田は河村と共に平寿司の暖簾をくぐった。

空木は既にカウンター席に座って、ビールから焼酎の水割りに替えて飲み始めたところだった。

石山田は空木の隣に座ると、河村を紹介した。

「俺の係にいる河村だ。今日は健ちゃんと飲むと言ったら、一緒に飲みたいと言って付いて来たんだ」

「それは嬉しいね。俺と一緒に飲みたいという人間はそんなにいないからね。空木です、宜しく」空木はそう言って座ったまま頭を下げた。

「河村です。空木さんのお話しは係長からよく聞いています。国分寺東高校の同級生で、脱サラで探偵事務所を開いて大活躍しているとお聞きして、機会があればお会いしたいと思っていたんで、今日は付いて来てしまいました。宜しくお願いします」

河村は世辞を交えた挨拶をすると、石山田の隣に座った。

横並びに座った三人は、改めて乾杯のグラスを合わせると、鉄火巻きと烏賊刺しを注文した。

「巌ちゃん、俺、北見へ行って来ることにしたよ」

空木は正面を向いたまま、石山田の顔を見ずに話し始めた。

「例の店のママを妊娠させた相手の調査ということかい」

「それもあるけど、俺がある事を調べて欲しいと頼んだばっかりに、先生を怒らせてしまって後輩に迷惑を掛けているんだ。詫びに行って、ついでに焼肉食べて山にも登って来よ

うってことだよ」

「金はあるのか」

「ある時払いで親父に借りた。情けないが仕方が無い」

空木は自嘲気味な笑みを浮かべ、水割りを口に運んだ。

「何故そんなに頑張るんだ？」

「………」

石山田の問いは尤もだと空木は思った。何故頑張るのか、空木自身もその問いに明確に答えることは出来そうも無かった。

山岡清美という聾者《ろうしゃ》の期待に応えようとする思いと、人の役に立ちたいという空木の想いが重なり、精一杯の仕事をしなければならないと思っているのか、ただ単に自己満足を求めてのことなのか、はっきりした答えは出てこない。ただ、空木は「能《よ》く生きる」という言葉が好きで、その意味は、目の前にある現実に全力で向き合うということだと空木は思っている。そして、多分その思いが北見に行かせるのだと。

「ところで、田代はどうだった」

「大学生の息子が国分寺に住んでいて、土地勘はありそうだ。それと、左利きだった」

「……、当日のアリバイは？」

「安達太良山《あだたらやま》に登っていたそうだ」

「誰かと一緒だったのか」

空木の問いに河村が石山田の隣から顔を覗かせた。

「いえ、単独だそうです。前日からマイカーで、麓の岳《だけ》温泉の宿に泊まって、七月二十五日日曜日は朝九時過ぎに宿を出て、その山に登ったそうですが、それを証明する物も、証明してくれる人もいないと言うところです」

「安達太良山には、俺も仙台支店にいる頃二度ほど登ったことがあるよ。１７００メートルの頂上まで、歩きなら二時間半、ロープウェイを使えば一時間程度で着く。往復歩けば四時間半、ロープウェイで往復なら二時間弱だろうけど、登ったとしたらその日の午後二時までに武蔵小金井駅に来て、町村さんを転落させるのは不可能だな」

「そうなんだ。登っていれば不可能なんだ。逆に登っていなければ間に合う。小金井のスポーツ用品店でバットもバットケースも買う時間があるんだ」

「小金井でバットを買っているのか」

「田代と言う証拠は無いが、宮城訛りの男がその日の午後一時半頃バットとバットケース

それと野球帽を買って行った。車で移動して来たとは考えられない。新幹線で来た筈なんだ」

石山田は、ビールを立て続けに一杯、二杯と喉に流すと、鉄火巻きを一気に平らげた。

「それで係長と二人で、二本松、福島、郡山の駅の防犯カメラで田代らしき男がいないか調べたんですが、見つけられませんでした」

河村もビールを飲み干し、グラスに手酌で注いだ。

「新白河の駅は調べてないのかい」

「新白河？」

「那須塩原まで調べてみたら、とは言わないけど、田代が仕事上東北を管轄しているんだったら、新白河の駅も使っている可能性があるし、あの駅は俺も行ったことがあるけど、高架下の駐車場も広いし、時間さえ間に合えば使い易い駅だと思うよ。それと高速道路を使っていれば、Nシステムでルートが掴めるんじゃないのか」

「田代の車のナンバーは署を出てくる前に、宮城県警に調査を依頼したところだから、Nシステムで調べられるまでもう少し時間が掛かるが、新白河駅の防犯カメラなら明日にでも行ける。河村、明日行こう」

石山田の声掛けに、河村は全く反応せず、スマホの操作に集中していた。石山田が、焼酎の水割りを手に「おい河村」とまた声を掛けた。

「新白河駅発10：50で間に合います。岳温泉から新白河駅まで車で高速を使えば、一時間二十分で行けますよ。明日行ってみましょう」河村の声に力が入った。

「田代の指紋の照合は出来た？」

「田代の名刺から指紋は取れた。取れたんだけど、遺書の指紋が家族の指紋と重なっていて不鮮明で、照合できない状態なんだ。指紋は期待できない」

「そうか、仕方ないね。ところでその田代の指紋だけど、札幌の笹井さんに送ってあげたらどうだろう。俺の推理が当たっていれば、山岡美夏さんが残したという置手紙から採取された指紋と一致する可能性があるよ」

「笹井さんも今週金曜日に田代に会いに行く予定らしいから、その前に照合できれば、聴取する内容も目的も変わってくるだろうな。明日手配するよ」

石山田が、河村に顔を向けると河村は承知した、というように頷いた。

「もし、一致したら田代は死体遺棄と転落死の両方の容疑者ということか」石山田が確認するかのように空木に聞いた。

「そういう事になる。もしそうだとしたら、田代は死体遺棄の口封じに町村さんを転落死させた可能性があるね。死体を二人で遺棄したのかも知れない」

「仲間割れか」

「その可能性もある」

町村にとっても、田代にとっても山岡美夏は邪魔な存在だった。二人で共謀して美夏を殺害して、失踪したように見せかけ発見を遅らせる事を考えた。四通の手紙の最初の一通は、田代が仙台から投函し、残りの三通は東京から町村が投函し、さも美夏が生きているように見せかけた。羊蹄山の麓に死体を運び、埋めるのは一人では大変だが二人なら何とかなる。そして何があったか分からないが、仲間割れをした田代は、罪を町村に背負わせて自殺に見せかけて殺害した。何が二人に起こったのか、二年間仲間割れはしなかったのに、町村が空木たちに会った後、田代に電話をしてから何かがあった、仲間割れする何かが。

空木が飲みながら黙って考え込んでいると、烏賊刺しを摘まみながらひたすらビールだけを飲み続けていた河村が訊いた。

「空木さんに伺いたいのですが、犯行に使ったバットは犯行後どうしたと思いますか。持

ち帰ったと思いますか」

河村の質問に空木は我に返った。

「……私なら、持ち帰らないですね。往路同様、帰路でもバットケースは目立ちます。捨ててしまいたいところですが、電車で移動となるとそう簡単に捨てることも出来ないでしょう。人目がありますからね。私が考えるとしたら、置き忘れにする事ですかね。仮にバットが入るロッカーがあったとしても長期間の放置は出来ないですが、車内か駅の構内、若しくはトイレへの置き忘れならありそうな事ですし、たとえ探し物の問い合わせが来なくても、担当者が不思議に思うのはほんの一時でしょう。それに、もし証拠としてのバットを回収しなければ不味《まず》いとなったら、置いた日時も場所も分かっている訳ですから回収も出来るということです」

「係長、ＪＲの遺失物を当たりましょう」

石山田は頷いた。

「念のため、バットの入るロッカーが乗換駅にあるのかも調べさせよう」

「犯人が取りに来る前に見つかると良いんですが…」

「いや、受け取りに来ていたら、住所氏名が残っている筈だ。もしそれが偽名だとしても

筆跡も含めて重要な証拠になる」

「巌ちゃん、もしバットが見つかったら犯人が取りに来るのを待ったら良いんじゃないか」

二人の話を聞いていた空木が、ボソッと呟くように言って、新しく作った焼酎の水割りを口に運んだ。

「うーん、それも良いけどいつまで待てば犯人が取りに来るのか分からないぞ」

「係長、田代に我々がバットを捜していることを気付かせたらどうでしょう。動くんじゃないですか、犯人だったらですが」

「……笹井さんに協力してもらおうか」石山田は呟いた。

時計に目をやった石山田が、ちらし寿司を注文すると、河村はおまかせ握りを注文した。

「もう帰るのか」

二人の注文を聞いて空木は寂しそうに訊いた。

「ああ、明日も忙しくなるからね」

石山田の返事に、空木は「俺も明日は病院の付き添いだ」と言って嶋寿司特製のパスタを注文した。

道東《どうとう》の夏

水曜日の朝、石山田は捜査本部で浦島の同意と許可を得て、札幌中央署の笹井に電話を入れた。

仙台での聞き取りの際に入手した田代の指紋を送信するという連絡と共に、町村の転落事件への協力を依頼した。

「田代氏の指紋は、金曜日の面会の時に入手するつもりですが、予め照合できれば、こちらとしても有り難い事です。そちらの事件では田代氏はやはり臭いですか」

「ええ、臭いとは睨んでいるんですが、こちらの照合元の指紋とは照合不能だったので、任意の取調べも出来ない状況です」

「そうですか。それで我々はどんな協力をしたら良いんですか」

笹井の問いに石山田は、町村は転落死直前に何者かにバットで殴打されていたという、捜査本部としての推測を話し、凶器のバットの捜索に全力を挙げていることを説明した上で、田代にその事を暗に伝えて欲しいと依頼した。

「笹井さんに協力してもらって、田代が動くのか動かないのか。私は必ず動くと踏んでいるんです。笹井さんに話していただければ、宮城県警の協力も得て、田代の張り込みを始める事になります。そちらの本部としても、田代の指紋照合次第では任意の聴取に入りたいところだと思いますが、暫くの間だけ田代を泳がせる事に協力していただけませんか。そちらの課長には、うちの浦島課長から電話を入れてもらうようにします」

「田代氏の指紋は、我々としてもこちらで入手した指紋で照合しなければなりませんので、ある程度の時間が必要ですから気にしないで結構ですよ。石山田さんのお話しは良く分かりましたから、課長と相談した上で協力したいと思います」

電話を終えた石山田は、田代が必ず動くと思いながらも、無視して動かないという可能性も頭に過《よぎ》った。それでも、バットとバットケースは遺失物としてどこかの駅に必ず保管されていると確信していた。


捜査員たちは、武蔵小金井駅から乗車した、黒いバットケースを肩に掛けた男の降車駅を探るとともに、該当するバットとバットケースが、ＪＲの駅に遺失物として届けられていないかを探るためそれぞれ動き始めた。

　石山田と河村は、田代の足取り捜査のため、東北新幹線の新白河駅に向かった。それは、田代のアリバイである安達太良山《あだたらやま》登山を崩す為の大事な捜査であり、二人には絶対に田代を見つけるという強い想いがあった。

「河村、今日は西国分寺駅から武蔵野線で行こう」

「大宮から新幹線ですね」

「バットケースを持ったあの男が、東京駅ルートなのか武蔵野線から大宮駅ルートなのかは分からないが、武蔵野線ルートから帰ったような気がするんだ」

　二人が新白河駅に着いたのは昼前だった。

　予め、捜査として防犯カメラの確認を連絡しておいた事もあり、二人は直ぐに確認作業に取り掛かった。

　七月二十五日日曜日、新白河駅10：50発の、なすの272号の乗客はさほど多いとは思えなかったが、二人は一時間前の十時前から発車時間までに、改札口のカメラに映った乗客を、小金井の商業施設のカメラに映った男の拡大写真を横に置いて、黙って見続けた。

「係長、この白っぽい半袖のポロシャツとズボンを穿いた男、この写真の男と服装が一緒じゃないですか」

河村は画面を停めて指差した。

「……よく似ている。改札機に入るところからもう一度見せてくれ」

河村は、画面を戻した。

「ここだ、止めてくれ。見ろ河村、この男チケットを改札機に通すのに左手で入れているだろう。体の前で左手をクロスさせて入れるのは右利きだとしたら不自然だ。この男、左利きだと思わないか」

「確かに、手ぶらなのに右手で入れずに左手を使っているのは右利きの人間としては不自然です。この男、間違いなく田代ですよ」

河村の声は、自然に力が入った。

「田代であって欲しいが、この男は、小金井のカメラに映っていた男と同じというだけで、田代だという決定的な証拠にはならない。バットが見つかれば一気にいけるんだ」

石山田も冷静に言葉を選んだつもりでも、声には力が入り、弾んでいた。

石山田は課長の浦島に電話で状況を報告し、その日のカメラの画像を記録した媒体を預かって、駅事務所を出て河村と共に上りホームへ向かった。

　捜査本部に戻った石山田と河村は、浦島と共に改めて新白河駅の防犯カメラの画像の確認をした。改めて往路のみならず帰路の推測時間帯である午後四時過ぎから五時半頃の画像も確認すると、四時半過ぎの改札を出て行く画像に、野球帽を被っている違いはあるものの、午前中に映った白っぽい半袖のポロシャツ姿の男と酷似した男が映っていた。この男も左手で改札機にチケットを入れていた。

「係長の言う通り、この画像のこの男が田代だという状況証拠はあっても物的証拠が無いのは確かだ。バットとバットケースが田代の物だとなれば、この男が田代であり、田代の犯行が濃厚だと言えるんだが」

「そのバットは見つかったんですか」

「今確認の為に東京駅に捜査員が向かっている」

「東京駅ですか」

「係長の推測通り、中央線の高尾駅に遺失物として保管されていたそうだが、一週間経って東京駅の遺失物センターに移されたそうで、捜査員を鑑識と一緒に向かわせた」

「鑑識も一緒なんですか」

「今のところ誰の物とも分からない物を、押収するわけにはいかないだろう。その場で鑑

識に指紋が取れるか調べて貰うために行ってもらった」

「田代の動きを見る為にも、置いておく必要がありますからね」

河村が独り言のように言った。

「降車駅は分かりましたか」石山田が訊いた。

「例の黒く細長いバッグを担いだ男は見つからないが、野球帽を被って似た服装の男は、西国分寺駅の武蔵野線の乗換口のカメラに映っていた」

「他は？」

「東京駅も、大宮駅も乗降客が多すぎてあのバッグを担いでいない限り分からない状態らしい。係長たちが持って来たあの新白河駅の画像が貴重だ」

石山田は頷いた。

田代と思われるあの男は、武蔵小金井駅から下りの中央線で西国分寺駅まで行き、武蔵野線に乗り換えたが、バットとバットケースは中央線の下り電車の荷物棚か長椅子の下に置き忘れたかのように捨てたのだろう。そして大宮駅から新幹線で新白河駅に向かい、車で仙台の自宅まで帰ったと石山田は推測した。

「Nシステムの調べは進んでいるんでしょうか」

「今調べているところだが……」

「該当車両無しですか」

浦島は返事をしなかった。

「絶対に東北自動車道を使っている筈なんですが…」

「それはいずれわかる事だ」

浦島のその言葉は、田代を逮捕すれば全てが分かると言っているように、石山田には聞こえた。


翌日の国分寺署の捜査本部は、宮城県警とＪＲ東京駅、そして鉄道警察隊への連絡と打合せに慌ただしかった。

バットケースからもバットからも複数の指紋が検出されたが、何人もの人間が触っていたことから田代の指紋と特定することは出来なかった。

浦島は、田代に任意出頭を求めて、聴取に入ることも考えたが、結局は石山田と河村の提案である、田代の動きを見るということで捜査を進める方法を選んだ。それは、田代は札幌中央署の聞き取りを終えればバットの回収に必ず動く、何故なら田代はバットに指紋

が残っていたら不味《まず》いと考えるに違いないからだ。バットを受け取りに来た田代を確保し、任意同行を求め、聴取によって逮捕に結びつけるという筋書きが石山田と河村の案だった。

八月六日金曜日、新千歳空港を飛び立った笹井と高島は、十時二十分過ぎに仙台空港に着き、仙台空港アクセス線で仙台駅に向かった。

十一時半近くに仙台駅に着いた二人は、仙台名物の牛タンで昼食を食べて、田代との面会時間を待った。

「係長、指紋の照合の件は田代に話すんですか」高島が笹井に訊いた。

それは、国分寺署の捜査本部から送信されて来た、田代の名刺から採取されたという指紋と、山岡美夏が残したとされる置手紙から採取された指紋の一部が、一致したことを言っていた。

「本来ならそれで任意同行なんだが、あっちの捜査本部からの協力要請に応じる事になっているからには、それは今日言わない方が良いかも知れない。課長も同じことを言っていた。今日の所は、田代がどんな証言をするのか、矛盾が無いのか探ることと、うち独自に田代の指紋を取る事だ」

笹井は眼鏡をかけ直した。

「そうですか。この置手紙を見てどんな反応をするのか、ということですね」

高島は置手紙のコピーをバッグから取り出して言った。


二人は面会の約束の午後一時少し前に、広瀬通りが晩翠通りに突き当たる西公園の向かい側にある、大日医療器材仙台営業所に着いた。

応接室で田代と初めて顔を会わせた笹井と高島は、名刺を渡した。田代もシャツの胸ポケットから二枚の名刺を取り出し二人に渡した。

二人はその名刺を大事そうにバッグの中に収めた。

落ち着き払った風の田代と、向い合せに座った笹井が手帳を手に口を開いた。

「先日のお電話でお話しした、山岡美夏さんの白骨化した死体が見つかったことに関連してお聞きしたいのですが、田代さんがラウンジ『やまおか』のママの山岡美夏さんの失踪を知ったのは、いつ頃だったのか教えていただけますか」

「いつ知ったのか、ですか？」

「この質問は、『やまおか』の客、全ての人に訊いています。美夏さんをどの程度知ってい

たのか、親しかったのかの目安になるのではないかと考えてお聞きしているんですが、いかがですか」

笹井は眼鏡のフレームを触りながら訊いた。

「私は比較的親しかった方だと思いますが、ママの失踪を聞いたのは、姿を見なくなって半年後位だったと思います。当初は体調を崩して暫く休むと聞いていましたが、まさか失踪して死体で見つかるとは驚きました」

田代は眉間に皺を寄せて俯いた。

「失踪の事はどなたからお聞きになったんですか」

「さあ、誰から聞いたのか、かなり以前の事なのでよく覚えていませんが……」

田代は首を捻った。

「差し出がましいようですが、田代さんは町村さんと親しかったとお聞きしましたが、もしかしたら町村さんからお聞きになったのではありませんか」

「……そうだったかも知れません。町村さんは私よりも随分ママと親しかった筈ですから、町村さんから聞いたと思います」

田代の返答を聞いた笹井は、手帳にメモを取りながら上目遣いで田代を見た。

「我々も、町村さんが山岡美夏さんと最も親しかったのではないか、という店の従業員からの証言で、町村さんに話を伺いたいと思っていたんですが、お亡くなりになってしまって話が訊けなくなりました」

「私もまさか町村さんが、自殺するとは思ってもみませんでした」

「実は、町村さんに訊きたかった事は、美夏さんが失踪時に妊娠していた事についてなのですが、田代さんは妊娠の事はご存知でしたか」笹井は、田代の顔をじっと見て訊いた。

「妊娠していたんですか…。全く知りませんでした。それは本当ですか」

「母子手帳も発行されていましたから事実です。田代さんは相手の男性に心当たりはありませんか」

「私には心当たりはありませんが、母子手帳も……、可能性が高いのは亡くなった町村さんのような気はしますが、町村さんはそれで自殺ですか……」

「町村さんから妊娠の事も、失踪の件も、それと死体で見つかった事に関しても、話が訊けるのではないかと思っていたんですが、残念ながら訊けなくなってしまいました。ところで田代さんは、美夏さんのマンションの部屋には入られたことはありますか」

笹井の眼鏡の奥の目は、田代の顔から目を離すことなく、鋭く見続けた。

「何度か行ったことはあります。店が閉まった後、タクシーで帰る途中に送って行ったことが何度かありましたから。部屋でお茶をご馳走になったこともありました」

笹井は横に座っている高島に、美夏の残した置手紙のコピーを出すように目配せした。

高島はバッグから置手紙のコピーを取り出して田代の前に置いた。

「美夏さんは、これを置いて失踪したように思われたのですが、実はこの時、既に亡くなっていたのかも知れないんです。田代さんはこの手紙を以前に部屋で見かけたことはありませんでしたか」

「これは置手紙ですよね。それを何故私が見る事が出来るんですか。仰っている意味が分かりませんが」

「気に障ったらすみません。もしも美夏さんが失踪を以前から考えていたとしたら、これを事前に用意していて、それを田代さんが部屋に行かれた際に見かけたかも知れないと思って聞いてみただけです。見覚えのないのは当然ですから気にしないでください」

笹井はそう言うとコピーを高島に渡した。

「町村さんにもこの話を訊きたかったのですが、今となってはどうにもなりません。死んでしまったのが残念でなりませんが、東京の警察は自殺だったのか調べているようです。

バットを捜しているような話を耳にしました」

「バットを……。自殺ではないと……」

田代は落ち着いた口調で呟くように言った。

「細かい事は我々には分かりませんが、バットで殴られたような痕があったらしいですよ」

笹井はそう言うと、高島を促してソファから立ち上がった。遅れて田代も立った。

「母子手帳が見つかっていれば、こうして田代さんにお時間を取ってもらう必要も無かったのですが、今日は忙しいところありがとうございました」

笹井が軽く頭を下げると、会わせて高島も小さく頭を下げた。

営業所を出た笹井は、バッグからスマホを取り出した。

「石山田さん、今、田代からの聞き取りが終わりました。依頼された通りにバットの件は田代に伝えました。田代が動くことを願っています。頑張って下さい」

笹井は留守電に簡単に用件だけを話すと電話を切って、周りを見廻した。張り込みらしき車両は見当たらなかった。

「係長、田代の名刺の指紋が一致したら、田代の嘘が証明出来ますね」

「それで任意出頭はかけられるが、本命の死体遺棄の証拠が無い」

「……」

田代の嘘はそれだけではないと笹井は思っていた。

美夏の失踪を町村は田代から聞いたのではないか、という空木の推理も、妊娠の相手が田代だという空木の推測も正しいと笹井は感じていた。任意での聴取で自供させられれば良いが、現状では失踪に関わっただけだ、と言い逃れをされれば死体遺棄からは逃げられてしまう。もう一つ何か証拠が欲しいと笹井は思っていた。


道東の名峰斜里岳《しゃりだけ》を越えて降りた女満別《めまんべつ》空港も、東京に負けず劣らず暑かったが、吹く風は東京とは違い爽やかさを感じさせた。

午後一時過ぎに女満別空港に着いた空木は、迎えに来てくれた、退職した万永《まんえい》製薬の後輩、上木《うえき》の車で北見の北網《ほくもう》記念病院に向かっていた。

北網記念病院は道東地区の基幹病院であり、四百床のベッドを有する医療法人の大病院だった。

外科部長室をノックした上木は、田中医師の在室を確認して空木を室内に案内した。

万永製薬のMRだった時期、何百人という医師に面会してきた空木も、初めての医師に

会う時は緊張した。それに加えて、謝罪の面会となると一層緊張感は増し、会社不祥事の度に謝り慣れていた筈の空木も、緊張で顔が強張っているのが分かった。

「東京で調査の仕事をしています、空木と申します。今回は先生に不快な思いをさせてしまい、申し訳ございません。全て私の依頼した事が原因ですので上木を悪く思わないでください」

空木は近年した事が無い位、深々と頭を下げた。下げた頭の先で、田中医師の笑い声が聞こえた。

「まさか本当に東京から来るとは思いませんでしたよ。頭を上げて下さい」

笑い声に幾分ホッとした空木は、顔を上げて田中医師の顔を見た。改めて見る田中医師は、長身で細身だったが、スポーツで鍛えているのか筋肉質の体に見えた。頭髪は薄かったが、肌つやは良く四十代に見えた。

空木は改めて名刺を田中医師に渡した。田中医師も名刺を空木に渡し、椅子に座るよう勧めた。名刺では田中医師は副院長の役職も兼務していたが、副院長室には入らず外科部長室を居室にしているとの事だった。

「あの時は、気分を悪くしたのは事実ですが、上木君にも貴方にも怒っている訳ではあり

ませんから気にしないでください。それどころか、東京からわざわざ来ていただいて逆に恐縮ですよ」

「先生にそう言っていただけると嬉しいです。安心しました」

空木は心底そう思っていた。北見まで来て良かったと。

「空木さん、言った通りでしょう。先生は怒っていませんからわざわざ来なくても良いって」上木が野太い声で口を挿んだ。

上木の体格もがっちりした体躯で、田中医師と同様長身で、座っている空木が顔を向けると首が痛くなるほどだった。

「空木さん、折角来ていただいたんですから少し話を聞かせてください。私は探偵という職業の方と話をするのは初めてなので、是非聞きたいのですが、私がススキノの『やまおか』の客だったことをどうやって調べたのですか。警察が調べて私の所に来るのは分かりますが、東京の探偵の貴方がどうして？」

「……少し話が長くなりますが」と断って、空木は札幌在住のあるクライアントからの依頼であることから話し始めた。

「やまおか」のママの行方を探す事から始まり、白骨化した死体で発見されたことで事件

になった。依頼された仕事の行きがかり上、何故ママが死体で発見される事になったのか調べたいという思いから、「やまおか」の客の中でママと親しかった客に当たろうと考えて、店の従業員や身内の方の協力を得て、あるイニシャルの客に行き着いた。そのイニシャルは「ＨＴ」で複数いたが、その一人が先生だったと説明した。

「それで私のところに警察も来たということですか。しかし東京の探偵の貴方がそこまで調べるとは流石《さすが》ですね。でも残念ながら私からはこれと言った話は聞けなかったという事ですね。しかし『やまおか』に通っている客と言うなら、私より放射線科の部長の直見《なおみ》先生の方がよく行っているかも知れないですよ。これは上木君にも話しましたけどね」

「はい、その事は上木からも伝えられていました。放射線科の先生がお一人で札幌まで行って飲んでいるんですか」

「一人では行かないと思いますよ。業者と一緒だと思います。札幌で飲むとなったらホテル泊まりですから、業者が手配しているんじゃないですか。私は月一回の事ですし当然自分で支払いますが、直見先生は週一位で行っていた時もあったようですからね。うちの病院は医療法人の病院とは言え公的な補助金も入っている病院ですから、業者との癒着は禁止されているんです。直見先生には困ったものです」

田中医師は苦笑いをしたが、それは直見という医師に対する侮蔑《ぶべつ》の気持ちを表しているかのように空木には見えた。

「業者というと製薬会社ですか？」

空木は、今どき製薬会社が医師を接待する事は禁止事項になっている筈で、そんな事はあり得ないだろうという思いで訊いた。

「製薬会社が今どき接待は出来ないでしょう。業者というのは医療器械会社ですよ」

「器械会社ですか……」

器械と聞いた空木の脳裏には、大日医療器材という社名が浮かんだ。

「その器械会社というのは、大日医療器材ではないですか」

「確かそんな名前の会社だったと思いますよ。私も一度だけ『やまおか』でその会社の所長という人から挨拶を受けましたから覚えています。その会社と直見先生との関係は、うちの病院に1.5テスラのＭＲＩ（超電導磁石式全身用ＭＲ装置）を導入する時に癒着があったと噂になったんです。ライバル会社からだと思いますが、告発文が病院に送られて来たそうです。まあ、十億近い買い物だけに会社にとっては何が何でも取りたいのでしょうが、本当だとしたら大問題です。もう二年以上も前の話とは言え問題です」

田中医師の目は、怒りを込めた鋭く厳しい目になった。

「地元の調査会社には依頼出来ない。空木さん、どうですか、この件を調べてみてくれませんか」

空木には、田中医師の口調が冗談とも本気とも受け取れた。空木は後ろに立っている上木に顔を向けると、上木も首を捻った。

「先生、本気ですか」上木が訊いた。

「本気だよ。俺が金を出す」

「……先生、東京に居る私にはかなり難しいですし、荷が重い案件です。引き受ける事は出来ませんが、調べてみたいと思わせる案件です。もし、何か分かったら先生に連絡するという事でいかがですか」

「引き受けていただけないのは残念ですが、仕方ありませんね。空木さんからの連絡を待つことにしましょう」

「すみません。ありがとうございます」

まさかの田中医師からの依頼は、空木には荷が重く、断る事が出来たことに安堵したが、厄介な事から逃げたような嫌な気持ちも残った。

「今日はこれで東京にお帰りになるんですか」

田中医師の顔は、当初の柔和な顔に戻っていた。

「折角北見に来たので、夜は焼肉を食べて、明日は斜里岳《しゃりだけ》に登ろうと思っています」

「空木さんは山登りをするんですか。そう言えば、六月だったか斜里岳の麓で女性の白骨化した死体が発見されて、熊にやられたんじゃないかって言っていた事がありましたから、熊には気を付けて下さいよ」

空木は田中医師の話を聞いて、山岡清美と一緒に札幌中央署で見た身元不明のファイルを思い出し、あれは熊が原因の事故だったのかと背筋が寒くなった。自分は北海道で何度も山に入っているが一度も熊に出会うことは無かった。運が良かったのだと改めて思った。

空木は、田中医師にお礼と別れの挨拶をして、上木とともに退室した。

「田中先生も直見先生も副院長で、次期院長候補なんです。田中先生は直見先生を嫌っていて、院長にだけはなってもらっては困ると思っているみたいなんです。だから空木さんにあんな話をしたんだと思います。院内の政争のような感じですから、関わらない方が良いですよ」

上木は歩きながらそんな話をして、空木が依頼を断ったことは正解だと言わんばかりだ

った。

「なるほど、そういう事情があったのか。上木は製薬会社のＭＲとして〝触らぬ神に祟りなし〟で行くことだな。俺は関係ないけどな」

空木の言葉に上木は頷いて病院の玄関に向かった。


「空木さん、実はこの近くの喫茶店で東菱製薬のＭＲと待ち合わせているんです。空木さんの役に立つ話が聞けると思って声を掛けたんですが、良いですか」

「待っているんだったら今更、良いも悪いもないだろう。しかし、東菱のＭＲか……」

「空木さんは、以前に東菱製薬の支店長だった何とか言う人の事も調べていると聞いたので、私の友達で東菱製薬のＭＲの南條《なんじょう》という男を呼んでいるんです」

「そうだったのか……」

空木は上木の気配りに感謝しながらも、山岡美夏の妊娠の相手ではない上に、死んでしまった町村の情報を集める事に、以前ほど前向きな気持ちにはなっていなかった。ただ、町村の偽《にせ》の遺書に書かれた「罪」という文言と、この北見という道東地方の中心都市が関わっているような気がしていたのも確かだった。

病院からほど近いところにある喫茶店は、涼を求める客もいて、広い店内もボックス席は一つしか空いていなかった。

既に座っていた男がこちらを見て立ち上がった。

「東菱製薬の南條と申します」

その南條という男は、挨拶し名刺を空木に渡した。空木も名刺を渡し挨拶した。

「南條は、私より若いんですが、北網記念病院の担当MRでは一番長くて、もう七年も担当しているんです。前任の支店長の事も良く知っているみたいですよ」

上木はそう言って南條を紹介した。

「探偵さんと話すのは初めてなんですが、空木さんはMRだったそうですね。MRから探偵に転職とは驚きました。それにしても、自殺してしまった町村支店長の事を調べているんですか」

「えっ、その前任の支店長は死んだんですか」

上木は町村の自殺の事は、今初めて知ったようだった。

空木は、南條の質問の返答にどう答えたら良いか、咄嗟に考えた。

「……ご家族が町村さんの自殺の原因が、北海道の単身赴任に原因があるんじゃないかと

言われて、私が調べていたんですが、御社の戸塚さんの話から北見で何かあったのではないかと考えていました」

空木は、我ながらうまく答えたものだと内心ほっとした。

「戸塚さんというと、今、東京で所長をしている戸塚さんですか」

空木が頷くと、南條は話を続けた。

「実は、私も当時戸塚さんから、町村支店長には北見に女がいるらしいという話を聞いて、興味本位で調べてみたんです」

当時、町村からは口止めされていた筈の戸塚が南條に話していた。町村はそれを知って、戸塚に対して冷遇し始めたのではないかと空木は推測した。

「調べたんですか…。それで何か分かったんですか」

空木は「罪」という文字が突然大きくなってきたような気がした。

「プライベートで通っていた店は分かったんですが、そこまででした。その店が突然閉店してしまって調べようがなくなってしまいました」

「閉店ですか」

「ええ、そこのママが、東京か何処かに突然行ってしまったらしいんです。多分そのママ

が、支店長の女というか、付き合っていたというか、そういう関係だったと思いますが、はっきりした事は分かりませんでした」

「それはいつ頃の話ですか」

「二年前の六月の末だったと思いますよ」

「その店の名前は憶《おぼ》えていますか」

「店に入った事はありませんが、憶えています『火炎』です。スナック『火炎』、情熱的な名前だったので良く憶えています」

空木はバッグから手帳を取り出しメモした。

空木の耳の奥で、ドアの鍵が開くような「カチッ」という音がした。田中医師の話と、南條の話が、空木の頭の中で重なった。

「ところで南條さん、話は変わるのですが、放射線科の直見先生と言う先生は、どんな先生なのか差し支えない範囲で教えていただけませんか。東菱製薬は私の知る限りでは、造影剤を数種類販売している筈ですから、放射線科とはお付き合いが深いのではないですか」

「空木さん、流石《さすが》元MRですね。そうなんです。直見先生は業者に金銭や物を要求することが多くて、僕は断るのが大変です。今は医療器械の会社が相手をしていると思いますよ」

「大日医療器材ですか」

「よくご存知ですね。噂ですけど、二年前のＭＲＩの納入の時には大日医療器材から相当の接待を直見先生は受けていて、現金も渡ったんではないかと噂されていました。その時に、うちの町村支店長もそれに関わったと噂になりました」

「町村さんが関わった……」

「スナック『火炎』に支店長と直見先生が入って行くのを見たとか、飲んでいるところを見たという話が取引卸の中で出てきまして、大日医療器材と一緒に直見先生を接待しているんじゃないかと噂されたんです。それで僕も、担当ＭＲとして無視できない話なので、内緒で会社の経理に調べて貰ったんですが、『火炎』の名前での経費精算は一件も無かったので、『火炎』に一緒に行ったにしても全てプライベート精算にして規則違反が表に出ないようにしていたと思います。接待の証拠は無いので噂止まりという事です。そう言えば、不思議な事に『火炎』が閉店してからは、直見先生からうちの会社への接待要求は全くなくなりましたね。町村支店長が転勤してからもずっとないですね」

町村のラウンジ「やまおか」での水増し精算の目的は、この北見のスナック火炎での費用捻出だったことが、今の南條の話で空木には霧が晴れたかのようにはっきりと見えた。

「火炎」のママへの貢《みつぎ》のための費用にも、直見医師への規則逃れの接待費用にも使われたのが、「やまおか」の水増し精算で得た金だったのだろうと空木は推理した。ただ、空木には南條の話によって見えたものがあるのと同時に、別の疑問が生まれた。それは町村と田代の関係が「やまおか」から始まったのではなく、ここ北見の北網記念病院から始まったのではないかという事だった。二人の間には、公《おおやけ》には出来ない秘密がここ北見で共有され、それが「やまおか」に繋がり、町村の死にも繋がったのではないかという推理が浮かび上がった。

「南條さん、今日はお話を聞かせていただいてありがとうございました。大変参考になるお話を聞くことが出来ました」

空木は南條に礼を言って店を出た。

その日の夜、ホテルに迎えに来た上木とともに、焼肉屋の香風園に入った。そこには万永製薬在職時の後輩、土手と山留が札幌から来て待っていた。

テーブルに組み込まれたコンロに火が入り、四人は大きなビールジョッキで「乾杯」と声を合わせた。

北見市の焼肉屋は、北海道内の人口五万人以上の都市で、人口当たりの店の数が最も多い町ということで、焼肉の町と言われている。

四人は美味《うま》いを連発しながら食べ、そして飲み進め、締めの食事を注文した。

空木は、少し酔いが回ったところで、三人にある記号を見せてみる事にした。「ＭＹ＊４４８」と手帳に書いて三人に見せた。

「何ですか、これ」土手がまず訊いた。

「ＭＹはイニシャルだと思うが、その後を読み解きたいんだ。分かるか」

「＊《アスタリスク》は掛け算、乗じるという意味ですよね。後ろの数字の４４８は一体何でしょう。ＭＹの４４８倍ですか？」山留が赤ら顔で言った。

四人の前に、クッパと冷麺が運ばれて来た。

「その数字は４４８じゃなくて、4《よん》、4《よん》、8《はち》じゃないですか。ちょっと前ですが、携帯の電話番号を数字じゃなくて、ひらがなで書いて暗号のように書いていた若い人たちがいたように記憶していますが、そんな感じかも知れないですね」

上木がクッパを食べながら話すと、土手がスマホの文字入力画面を三人に見せるように前に出した。

「それは、「あ行」が1、「か行」が2、「さ行」が3、で「わ」が0、というように表したと思う。例えば、1234なら「あ、か、さ、た」と書くんだと思う」

「だとすると、4は「た」、8は「や」、448は「た」「た」「や」になる。意味不明だな」

空木はスマホの画面を見て、首を捻って冷麺に箸をつけた。

答えの出ないまま香風園を出た四人は、それぞれの帰路についた。


翌日の土曜日早朝、土手と山留が札幌から乗って来たレンタカーで、空木の泊まるホテルに迎えに来た。

北見から斜里岳への登山口となる清里町の清岳荘まで、二時間余りで登山口の駐車場に着いた。

登山口から暫く樹林帯の中を歩き、三十分程で沢に出る。ここまでの樹林帯の何処かで、女性の白骨化した死体が見つかったのだろうと考えながら空木は歩いた。

登山道は沢沿いを何度か渡渉するが、この沢には八か所の滝がかかり、滑滝《なめたき》の横を沢登りのように登って行く。真夏のこのコースは実に気持ちが良い。ハンノキやダケカンバの樹々の間を抜け、ガレ場を登り、最後の急坂を登れば、日本百名山に数えられる標高15

47メートルの斜里岳頂上に到着する。登山口からおよそ四時間の行程の頂上からは、羅臼岳を東に望み、その南の海には薄《う》っすらと国後島《くなしり》が見える。空木にとって二度目の斜里岳は、素晴らしい時間となった。

登山口に三人が下山して来たのは、午後三時を回っていた。ここから札幌までの帰路は、車で六時間半はかかる。登山の後の長時間の移動は辛かったが、運転を交代しながらその日の夜、三人は札幌に到着し、空木は土手登志夫の部屋に今回も世話になった。

空木は晴れ晴れした気持ちだった。札幌に到着するまでに「MY＊448」を解いていた。

空木は、MYがイニシャルだとしたら「448」もアルファベットの読み替えだと推測した。そしてスマホの文字入力画面を何気なく見た瞬間、数字の下に書かれたアルファベットが目に入った。「2」の下にABCが、「4」の下にGHIの文字が並び、「8」の下にはTUVが並んでいた。アルファベットを表示するには「4」のキーを「4、4」と二回押せば「H」、「8」のキーを一回だけ押せば「T」が表示される。「448」は「HT」だった。イニシャル「HT」だと解いた。答えは「MY＊HT」だと解いた。

そしてその意味は、美夏の残したあのノートのあのページ。病院へ行くと書かれたあの

ページに意味がある。美夏が産婦人科で妊娠を確認したその日のページに書かれた「ＭＹ＊ＨＴ」の意味は、ＭＹは山岡美夏本人であり、ＨＴは田代寛、＊の意味は、掛け算つまり性交渉を意味している。お腹の子の父親は田代寛だと。

しかし、美夏は何故はっきりと田代の子を妊娠したと書かなかったのか。もしかしたら美夏はこの時からシングルマザーとして生きて行くことを決めていたのではないか。誰の子とは決して口にはしないと心に決めたが、ノートには記《しる》しておこうとしたのではないか、と空木は想像した。

空木は、明日会う約束をしている山岡清美と深堀和哉に自分の推理と想像を伝えるつもりで眠りについた。

追跡

八月七日土曜日の朝、国分寺署の捜査本部に詰めていた石山田は、副本部長の浦島の机に配置された電話が鳴ったのを聞き、緊張が走った。

昨日の夕刻、東京駅の遺失物センターから、バットとバットケースの問い合わせが田代という人物からあり、近日中に受け取りに来るという連絡が入ったため、石山田にとっては緊張の時間となっていた。

「宮城県警からだ。田代寛が動いた。午後一時五分に仙台の自宅を出て、地下鉄の駅に入ったとの事だ。打合せ通りに皆準備してくれ。係長、東京駅を頼んだぞ」

浦島の言葉に石山田は頷いて、横の河村を見た。

「よし、行くぞ」

石山田の気合のこもった掛け声に、河村も「はい」と立ち上がった。

二人は河村の運転する捜査車両で東京駅に向かった。

中央自動車道の調布インターに近付いた時、石山田の携帯電話が鳴った。

「係長、今どの辺《あたり》にいる」浦島だった。

「中央道の調布インター近くですが」

「今、鉄道警察隊の東京分駐隊から連絡があった。バットを受け取りに来た田代を確保しているそうだ。急いでくれ」

「えっ、田代を確保した。何時に確保ですか」

「午後一時三十五分だそうだ。東京駅の分駐所に向かってくれ」

「了解しました」

電話を切った石山田は、着脱式赤色灯を助手席の窓から車の屋根に載せた。

「田代が東京駅で確保されたそうだ。緊急走行で走ってくれ」

石山田の突然の指示に、河村は「えっ」と声を上げた。

「何故、こんなに早く東京駅に来ることが出来たんですか。仙台駅から東京駅まで新幹線だけで一時間四十分掛かる筈なのに…」

「……」河村の疑問は石山田も同じだった。

「どういう事なのか、俺にも分からん。とにかく急ごう」

突然のサイレンに、前を走る車が慌てた様子で道路の端に寄った。

土曜日の中央自動車道も、ビル街の道路も幸いな事に空いていた。首都高速道路丸の内ランプを降りた車は、五分程で東京駅の丸の内口に着いた。

東京駅の分駐所に入った石山田と河村は、田代を探して分駐所内を見廻したが、若い学生風の男が一人座っているだけだった。

鉄道警察隊の隊員が二人に敬礼をした。

「ご苦労様です。国分寺署の捜査本部の方ですか」

石山田は頷いて警察証を見せた。

「石山田です。こっちは河村刑事です。ご協力ありがとうございます。それで確保していただいた田代は何処に…」

石山田の問いに、隊員は座っている若い男に顔を向けた。

「田代じゃありません」河村が呟いた。

「国分寺署から要請のあったバットとバットケースを受け取りに来た田代です。本人も田代と名乗りましたが……」

隊員は困惑の表情になった。

「田代寛さんではありませんね」

石山田は緊張の表情でバットケースを抱えている若い男に訊いた。

「はい、田代寛は僕の父で、僕は息子の田代晋《たしろすすむ》です。父から頼まれてこれを取りに来ただけなんですが……」

この若い男が、国分寺に住んでいるという息子なのだと理解した石山田は、河村に顔を向けると、河村も「そうか」と言わんばかりに二度三度と頷いた。

石山田は、この状況を息子にどう説明すべきか考えた。この場で父親が事件の容疑者だと知ったら、息子のショックは大変なものだろう。

「実は、あなたが受け取りに来たバットは、ある事件に関わる参考品だということが判明したために、持ち主が受け取りに来るのを待っていたんですが、これがあなたの物ではなくお父さんの物だとなると、お父さんから事情を聞かなくてはならないのですが、お父さんからは何時《いつ》取りに行くよう頼まれたんですか」

石山田は説明できたことにホッとした。

「父から連絡が来たのは昨日の夕方ですが、父も友達からの預かり物だと言っていました。受け取ったら暫く預かって置いてくれ、と頼まれました」

田代晋の顔は、一層緊張した面持ちになり、口調には不安感が現れていた。

「そうだったんですか。それでしたらお父さんに誰からの預かり物なのか確認する必要がありますから、連絡を取りたいのですが、今どちらにいらっしゃるのかご存知ですか」

「分かりません。今日は何処かに出かけなければならない用事があって、それで僕に取りに行って欲しいと連絡が来たんです」

「連絡を取っていただけますか」

晋《すすむ》は「はい」と言ってスマホを取り出し電話をかけた。暫く経っても会話は始まらない。繋がらないようだった。

「何処に行かれて、いつ戻るのか分かりませんか」

石山田の問いに、晋は「母に聞いてみます」と言ってまたスマホを手に取った。今度は繋がった。

「北海道の知り合いのところに行って、明日中には帰ると言って出かけたそうです。知り合いが誰なのかは言わなかったそうです」

「そうですか、ありがとうございます。後は我々で連絡させていただきますので、お父さんの携帯電話の番号を教えていただけますか」

それを聞いた河村は怪訝な顔をした。

既に田代寛の携帯電話の番号は承知している石山田だったが、息子への配慮で敢えて知らない事にして聞いたのだった。

晋《すすむ》は石山田に電話番号を教えると「父には連絡しておきます」と申し訳なさそうに言った。

「このバットケースと中のバットは、参考品なので我々が預かります。田代さんは、これでお帰りいただいて結構です」

石山田の言葉に、田代晋は父に何が起こっているのか全く理解できないまま、この場から離れる安堵感と、警察とのやり取りの緊張感から解放されることにホッとした表情を浮かべ、一礼をして分駐所から出て行った。

石山田は、捜査本部の浦島に状況報告の電話を入れた後、鉄道警察隊の隊員に礼を言い、河村とともに丸の内北口に停めた捜査車両に向かった。

「係長、田代は逃げたんでしょうか」

「俺たちが待ち構えている事を知っていたら、息子を受け取りに来させないだろう。そのまま放って置く筈だ。バットより大事な用件が北海道にあるという事だろう」

「任意同行で取り調べという訳にはいきませんでしたね。仙台に戻ったところを任意同行かけるしかしかないですね」

「仙台に戻って来ればだが、息子から連絡がいったら今度こそ逃げるかも知れないな」

　バットの受け取りを息子に託して、別の用件で北海道に行ったという田代は、何のために行ったのか。石山田は、突然の北海道行だとしたら、昨日の札幌中央署の笹井の、田代からの聞き取りの内容に要因があったのではないかと推測した。もしそうであれば、それは札幌の死体遺棄事件に関係した事ではないだろうか。石山田はスマホを手に取り笹井に連絡する事にした。


「課長、田代寛が今日、北海道に来ているそうです」

　石山田からの電話を受けた笹井が、課長の飯住に伝えた。

「国分寺署からか？」

「捜査協力の要請があった例の件で、東京駅の遺失物センターにバットを取りに来たのは大学生の息子だったそうで、田代本人は北海道に行くと言って家を出たそうですが、連絡はつかないそうです」

「……バットより大事な用件が北海道にあるという事か。それで国分寺署は何と言っているんだ」

「田代が仙台に戻るのを待って、任意出頭か同行を求めるつもりだそうですが、北海道へ行ったのは、死体遺棄事件に関わる何かがあって急遽行ったのではないか、と推測して連絡してくれたという訳です」

「急遽か……。昨日の聞き取りの時に、何か思い当たる事は無かったか？」

飯住は笹井に目をやった後、二人の話を聞いていた高島に顔を向けた。

「……もしかしたらですが、田代は美夏さんの母子手帳の存在は知らなかったかも知れません。あの時、演技かも知れませんが、初めて知ったという印象でした。係長はどう思いましたか」

高島は笹井に訊いた。

「確かに、そう言われればそうだったかも知れない」

「美夏の母子手帳を探しに急遽北海道へ来たという事か。母子手帳の存在を知らずに、手帳に父親の名前を書く箇所がある事を知ったら慌てるな」

「分かりませんが、田代にとってはバットより大事な事は、美夏さんを妊娠させたのが自

分だという証拠になる母子手帳の存在なのかも知れません。その事を知っている誰かに会うために北海道へ来た、という事ではないでしょうか」

笹井は、眼鏡を外して天井を見上げた。

「誰に？」

「それは分かりません。分かりませんが、田代の名刺から取った指紋が、置手紙の指紋と一致した以上、田代を捜して我々の事件の方で任意で引っ張りましょう」

「それなら帰りの空港で張るのが良いんじゃないですか」高島だ。

「それなら札幌から函館、函館から仙台へ新幹線というルートもある。札幌駅にも張って見よう」

飯住は笹井に、捜査員を振り分けての張り込みを指示した。


八月八日日曜日、東京オリンピックの閉幕日は、札幌では早朝に男子マラソンが行われた。

九時過ぎまで爆睡した空木は、両足の太腿と脹脛《ふくらはぎ》の筋肉痛と張りが心地良かった。

昨夜遅くに土手の部屋に泊まった空木が、コンビニで買っておいたサンドイッチとコー

ヒーの朝食を食べていた時、スマホが電話の着信を知らせた。画面には、石山田巌と表示されていた。

「まだ北見に居るのか」

「いや、昨日の夜札幌に入って後輩の部屋に泊めてもらって、今まだそこに居る」

「札幌か。夏の北海道を満喫中の健ちゃんに、知らせておくだけ知らせておくよ」

石山田はそう言うと、田代の息子が東京駅の遺失物センターにバットの受け取りに来たこと。田代本人は北海道に行ったことを伝えた。

「バットを警察に押収されたと知ったら、田代は北海道から戻るんだろうか。そうかと言って、いつまでも北海道にいる訳にもいかないだろうけど」

「息子には、バットは預かり物だと言っているみたいだから、白《しら》を切り通す意味でも戻って来る可能性は高いように思う。この件は、笹井さんにも伝えてあるから、ターミナルの空港や駅には網《あみ》を張ると思う。健ちゃんも北海道にいるなら、田代が立ち寄りそうな所の目星をつけて探してくれよ」

「俺は田代の顔も知らないし、目星と言ってもススキノの『やまおか』位しか思いつかないから無理だ。ところで、その田代と、死んだ町村さんの関係なんだけど、北見の北網記

念病院というところから始まったような気がするんだ。あくまでも俺の推測だけど、北見で何かがあって、それが『やまおか』のママの失踪と死体遺棄に、その後の町村さんの死に繋がっているように思う」

「空木探偵の推理ということか。根拠も無しに言っている訳でもないとしたら、北見で何か掴んだみたいだな。笹井さんにその推理の根っこを話して見たらどうだい。俺も、田代が町村さんを殺害する動機の一つとして頭に入れて置くよ」

空木は電話を終えると、飲み残したコーヒーを飲み、考えた。

田代は何故北海道に来たのか、石山田の言う通りバットより大事な用件が出来たということなのだろう。バットは町村殺害の重要な証拠品になるが、田代は警察の手がそこまで迫っているとは思っていなかったようだ。それが分かっていれば、バットは放置していた筈で、息子に受け取りに行かせたりはしないだろう。バットと同様に、いやその時点ではバット以上に田代にとって重要な事の為に北海道へ来たと考えるのが妥当な推測だ。ならば、それが一体何なのか、そこから先は空木には想像出来なかった。

笹井の携帯に電話をした空木は、留守番電話に「札幌に来ています」とだけ入れて、笹

井からの連絡を待った。

　空木が山岡清美と待ち合わせた中島公園近くのホテルに向かって歩いている時、笹井からの電話を知らせるスマホが鳴った。

「やっと手が空きました。札幌に来ているんですか、お会いしたいところですが、今日明日はちょっと難しそうです」

「それは残念ですが、気にしないでください。お電話したのは笹井さんに調べていただきたい事が出来て、お電話したんですが、それどころではないですね。今日の朝、石山田からの連絡で田代が北海道に来ていると聞きました」

「空木さんもお聞きになりましたか。その事で暫くは手が離せそうもありません」

「田代は何のために北海道に来たのか、笹井さんは目星がついているんですか」

「目星と言えるかどうか分かりませんが、捜査本部の読みとしては、山岡美夏の母子手帳の事で来たんじゃないかと考えているんですが…。何処にいるのかも分からないので、仙台へ帰るところを張る事にしたんです……。あっと、余計な事を話しました。今の話は聞かなかったことにしてください。ところで、私に調べて欲しい事というのはどんな事ですか。聞くだけ聞きましょう」

空木は話が少し長くなると断って、死んだ町村が北見のスナック「火炎」のママと関係があった事、そのママが行方不明である事。そして町村と田代が北網記念病院の医療機器納入に絡んでの繋がりがありそうな事を話し、ママが行方不明になった時期と医療機器納入の時期が一致している事。それらの事がどう関係するのか分からないが、今年の六月に斜里岳の麓で見つかった白骨化死体の女性が、そのスナック「火炎」のママではないか、調べて欲しい。自分の推測だが、美夏の死体遺棄事件も町村が死んだのも、原点は北見にあるのではないかと思う、と話した。

「興味深い話です。ただ札幌方面本部の管轄外なので何とも返事が出来ないのですが、北見方面本部には重要情報として捜査するように連絡します。捜査本部からの要請事項として、本部長の署長から要請してもらうようにします」

空木は、仕事中に電話をした事を詫びて電話を切ると、待ち合わせのホテルにゆっくり歩きながら、笹井の言ったことを考えた。

笹井たちの推測通り、田代は母子手帳の事で来たとしたら、母子手帳の存在を知っている別の人物がいるという事になる。田代は母子手帳の存在を知らなかったから慌てた。慌てて北海道に来たのはその存在を確認しようとしているのではないか。

山岡清美は、深堀和哉と一緒にホテルのロビーで空木を待っていた。

空木は数少ないながら覚えてきた手話を使って「こんにちは」と二人に挨拶した。清美はにっこり笑って両手を広げ、手話で「久し振りです」と返した。

「空木さんがまた札幌に来てくれるとは思ってもいませんでした。ありがとうございます。清美さんは今日お会いできるのを楽しみにして、仕事を午後から休んだんですよ」深堀和哉も嬉しそうに返した。

三人は、ホテルのテラスレストランに入り、テラスの見えるテーブルに座った。

「警察からは、何の連絡もありません。町村さんの遺書に書かれていた『罪』というのはお姉さんの死亡に関わる事ではなかったんですね」

和哉が静かな口調で聞いた。

「分かりません。ただ、あの遺書は、町村さんが残した物ではなくて、誰かが町村さんが転落死した後に残した物のようです」

「……つまり自殺ではなかったという事ですか」

和哉は暫く考えていた。清美に伝えるべきなのか伝えずにおくべきか考えているようだ

ったが、ペンを取った。筆談用のノートに「町村さんは自殺ではなかった」と書いて清美に見せた。清美はそのノートを見つめた。

「お姉さんの妊娠の相手も町村さんではなかった、という事ですか」和哉だ。

「私の推測ですが、相手は町村さんではなかったと思います」

「空木さんは誰だと」

「町村さんと親しい、イニシャル『ＨＴ』の人物だと思います。お二人は、美夏さんの残した三冊のノートの最後の方に書かれていた、意味不明なアルファベットと数字を覚えていますか」

空木はそう言うと、自分の手帳を取り出して、「ＭＹ＊４４８」と書いた。そして、スマホを取り出して文字入力画面を見せ、４４８がアルファベットの「ＨＴ」を表している事を説明した。さらに、ＭＹは山岡美夏を表し、＊《アスタリスク》は性関係があった事を表現し、誰の子を妊娠したのかを書き記したものだろうと説明した。暗号のようにした意味は、恐らく美夏さんの決心、つまり父親が誰なのかは生涯誰にも明かさないという決心の証のつもりだったのではないか、という空木の推理も付け加えた。

空木の話を、和哉は清美に話の都度、都度伝えた。

「その『ＨＴ』は誰ですか」清美がノートに書いた。

空木はペンを取ってそのノートに「田代寛《たしろひろし》」と書いた。

清美は和哉に顔を向けて、手話で何かを伝えた。和哉は「えっ」と小声を発して空木を見た。

「空木さん、清美さんは昨日の夜『やまおか』で田代という名前の人が来たのを見たと言っています」

「田代を見た……。でも清美さんも私同様、田代寛の顔は知らない筈ですが」

空木の疑問を和哉が清美に伝えた。

清美は手話とメモで「唇の動きで分かった」と二人に伝えた。田代と言うその男は、昨夜八時過ぎに店に入って来た。店の女性が、「たしろさんひさしぶりです」と言った口の動きを見て、その人を見ると五十歳前後の男性だった。清美が店を出る時にはまだ店に居た、と伝えた。

空木は「ちょっと待っていてください」と席を立ち、スマホを持ってレストランを出た。

空木は笹井にその事を連絡した。

「すみませんでした。警察も田代の行方を捜しているところなので、今の話を伝えておき

ました。ところで清美さんは、昨夜何故『やまおか』に行ったんですか」

空木は「やまおか」の名前は残ってはいるものの、譲渡した店とはもう関係の無い清美が、何故店に行ったのか疑問に思えて訊いた。

「以前、空木さんにメールで伝えた事の確認に行きました」

清美はノートに書いた。そしてさらに続けて書いた。

「私たちの母は、再婚して今は四倉美乃《よつくらよしの》という名前です」

ノートを見た空木は「四倉……」と呟き、清美から送られたメールにあった、四倉という名前を思い出していた。

それは確か、「やまおか」のチーママ、今はオーナーになった永川咲の本名が四倉咲《よつくらさき》だったと書かれていた。

「永川咲さんは、四倉咲、母の再婚相手の子供でした」と書かれたノートに、空木は黙って目を落とした。

黙って見ている空木に、和哉が僕から説明しますと言った。

「清美さんは、再婚して今は帯広に住んでいるお母さんに手紙を書いて確認したんです。十八年前にお母さんは再婚して、函館から出て行きました。札幌に移った清美さん姉妹と、

別れて暮らし始めたのをきっかけに籍が離れました。でも聾者の清美さんへの贖罪の気持ちもあったのでしょう、数年後、どこで調べたのか札幌の高等聾学校の寄宿舎に手紙が届いたそうです。それには詫びる言葉とともに、一緒に帯広で暮らさないかと書かれていたそうです。お姉さんにその事を手紙と共に話したそうですが、お姉さんは自分たちを捨てて、男と生きる事を決めた人とは二度と会いたくないと言ったそうです。清美さんもお姉さんと一緒に暮らすつもりでいましたから、お母さんには断りの手紙を出したそうですが、それ以来お姉さんには内緒で、お母さんとは年に一回の手紙のやり取りをしていたそうです。そのお母さんに永川咲さんが四倉咲という本名だと知って、若《も》しやという思いで確認の手紙を出したところ、年齢も含めて間違いなく再婚相手の一人娘で、離婚して母親と一緒に暮らしている筈で、母方の姓の永川を使っていると思う、と返事が来たんです。清美さんはそれを知って、その話を直接本人から聞こうとして行ったのだと思います」

和哉は時折、清美の方に顔を向けながら、話し終えると口の渇きを癒すかのようにアイスコーヒーを口に運んだ。

空木は、山岡と四倉の因縁めいた話を聞き、驚くとともに偶然という恐ろしさも感じていた。

「それで咲さんには何を聞きに行ったんですか」空木は訊かずにはいられなかった。

「以前から私たちの母と、咲さんのお父さんが再婚していたことを知っていたのか聞きに行きました」清美は筆談のノートに書いた。

「咲さんは知っていた？」空木もノートに書いた。

清美は空木を見て頷いた。

「咲さんは、何故それを黙っていたんですか」

「お互いに嫌な事を思い出すと、関係が悪くなると思って言わなかったそうです」清美は丁寧な字で書いて空木にノートを見せた。

「………」

永川咲は、ママである美夏の気持ちを考えて敢えて口にしなかった、という事だろうが、咲自身は毎日仕事で顔を会わす度にどんな思いでいたのだろうと空木は想像した。「お互いに嫌な事」と言うところから想像すると、嫌な思いをずっと隠して我慢していたのではないだろうか。

「咲さんには、もう一つ確認しに行きました」清美は、そのもう一つをノートに書いた。

それは「やまおか」の店の譲渡と契約変更に伴う、店の鍵とセキュリティーカードの件だ

った。

先日の清美からのメールでは、契約書に書かれていた鍵とセキュリティーカードの数が、欠けることなく揃っていたと書かれていたが、その当たり前の事の何が気になるのか、空木には不思議だと思った事を思い出した。

「姉は、鍵もセキュリティーカードも、いつもハンドバッグに入れて持っていました。姉のカードの裏にはシールが貼ってありました。そのカードも含めて数が揃っているのは何故なのか、訊きました」

清美の書いたノートを見て、空木は清美が何故気になっていたのか、その意味が理解できた。

「そのシールは間違いなくお姉さんが貼ったシールなのですか」

「私たちの生まれ故郷、江差町の町の花、ハマナスの紅《あか》い花のシールです」とノートに書いた清美の文字が乱れたように見えた。

「それで、咲さんはどう答えましたか」

「姉が店に置いて行ったのではないか、店の事務所の引き出しに入っていた、と言いました」

書いたノートを空木の前に置いた清美は、空木の反応を待つかのようにじっと顔を見た。

「……」空木は言葉を発することなく考えていた。

「空木さんは、どう思います」和哉が清美に代わって訊いた。

「考えたくない事ですが、咲さんはお姉さんの失踪に関わっていたかも知れませんね」

「失踪に関わるということは、死体遺棄にも関わったという事ですか」

「……私には分かりません」

空木は氷も解けて、温くなったアイスコーヒーを口に運んだ。

「清美さんのお姉さんへの想いが、事件を解決する方向へ導いているような気がします。聾者の清美さんが、ススキノの夜のお店に訪ねて行くのはすごく勇気のいる事だと思います。清美さんのお姉さんを思う強い想いがそうさせたんですね」

和哉が話しているその横で、清美がノートに何かを書いていた。

「姉は私を受取人にして、生命保険に入っていたようです。その事を先日知って、姉が私の事を心配し、思ってくれていた気持ちに泣きました。今は、私の出来る事を精一杯やることしか、姉の気持ちに報いる方法はありません」

涙を流しながらノートを見せる清美に、空木は掛ける言葉もなく、ただ、ノートをじっ

と見ていた。

「清美さん深堀さん、今日一緒に咲さんに会いに行きませんか」

空木の言葉を、和哉が清美に伝えると、清美は「日曜は、お店は休み」と和哉に手話で伝えた。

「そうですか、今日は会えませんか。仕方ないですね」

空木の様子を見た清美が、筆談のノートの数ページ前を開いて、ある行を指差した。そこには「豊平区平岸2条8丁目アニバース303」と書かれていた。

「これは?」空木が清美から和哉に顔を向けると、和哉は清美に手話で訊いた。清美は頷いてノートに書いた。

「契約変更の時の書類で分かった咲さんの住所をノートに控えておきました。行きますか」と。

空木は和哉と顔を見合わせた。そして、清美の姉美夏への強い思慕と、深い悲しみに改めて触れた思いで清美に目をやった。

ホテルを出る直前に、清美が咲のスマホに「今日、今から会いたい」とメールを送信したが、咲からの返信は無かった。

三人は、地下鉄南北線の中島公園駅から二つ目の平岸駅に向かった。マンションは駅から五分程の所にあり、オートロック式の五階建てだった。

和哉がエントランスの３０３号の部屋番号を押して、インターフォンの反応を待ったが、反応は無かった。空木はメールボックスに目を移し、３０３の数字のボックスを覗いた。チラシ広告が何枚か入っていた。清美がまた、咲にメールを送ったようだったが、返信は無かった。

時刻は午後二時半を回って暑さのピークを迎えていた。


空木たち三人が、ホテルから咲のマンションに向かっていた時刻、札幌中央署の高島刑事は、札幌駅構内の５番、６番線ホームへ上がるエスカレーター下で、田代寛と思われる男に声を掛けた。

「田代寛さんですね。仙台の会社で話を聞かせていただいた刑事の高島です」高島は警察証を見せた。

立ち止まった田代は驚いた様子で、警察証を見せる高島を見た。そして周囲の目を気にするかのように見廻した。

「ああ…そうですが、私に何か」

「山岡美夏さんの死体遺棄事件の件でお話しを訊かせていただきたいので、中央署までご同行願いたいのです」

高島はゆっくりと、そしてハッキリと言った。それは任意の同行依頼であっても、絶対に拒否は許さないという威圧感を感じさせた。

「今から仙台に帰るところで、飛行機も予約してあるのですが…」

「あくまでも任意ですから、どうしてもとは言えませんが、あなたの指紋が、山岡美夏さんの置手紙に残された指紋と一致した以上、強制に切り替えも出来ると考えています。今日仙台に帰られたとしても、また直ぐに来ていただくことになりますよ。それに東京の警察もあなたの帰りを待っているらしいですね。その事は田代さんもご承知でしょう」

高島は一段と厳しい表情で田代を睨みつけた。

「指紋が一致した……。一体何の事を言っているのか全く意味が分かりませんが……」

「それを明らかにするために同行していただく必要があるのです」

「……直ぐに終わるんでしょうか」

「それはあなた次第です」

高島は捜査員とともに田代を連れて捜査車両で札幌中央署に戻った。

捜査本部から田代確保の連絡を受けて、笹井は新千歳空港から札幌中央署に戻った。戻る車内から、国分寺署の石山田と、札幌にいると連絡があった空木に、それぞれ電話と、メールで田代確保を知らせた。


咲のマンションの前で、咲からの返信を待つ間に、空木のスマホには笹井から「田代を札幌駅で確保した」というメールが入った。

笹井には、昨夜田代が「やまおか」に行ったことは伝えてある。「やまおか」に何を目的に行ったのか明らかになれば、咲との関りも見えてくる。わざわざ仙台から飲みに来ただけとは言わせないだろうと、空木は笹井たちの聴取に期待した。

清美がスマホを和哉に見せているのを見て、空木は、咲から返信のメールが来たのだと思った。

「空木さん、咲さんは札幌にいないので今日は会えない、と連絡してきました。明日お店に行きますか」

和哉は清美のスマホを見て、陽に焼けた顔を空木に向けた。

「……、出来たら明日の午前中にここで会いたいと思いますが、清美さんはいかがですか」

和哉は、その事を手話で清美に伝えた。清美も手話で返した。

「清美さんは、明日と明後日《あさって》は、理容店は休みなので大丈夫だそうです。私も何とかします」

清美は、スマホを手に取って、咲宛に「明日午前中にお部屋に伺います」とメールを送信した。

「無理を言ってすみません」そう言って空木が、横にした右掌《てのひら》の親指を顎の下で立て四本の指を動かし頭を下げると、清美は顔の前で手を振って「いいえ、私はとても感謝しています」と手話で返した。

「空木さん、清美さんの言う通りです。本当にここまで協力していただいて言葉がありません」和哉も深々と頭を下げた。

咲からの返信は無かったが、三人は明日の午前十時に平岸駅で待ち合わせる事を約束して帰路についた。

咲は本当に山岡美夏の失踪に関わっていたのか、空木は土手登志男の部屋に帰る途中の、

中島公園のベンチに座って改めて考えてみた。

事実として分かっている事は、四倉咲が本名である事。離婚した父が山岡姉妹の母と再婚していた事。そしてラウンジ「やまおか」のオーナーになり、美夏の所持していたセキュリティーカードが咲の手元にある事。

情況としては、咲は美夏と町村の間に何かあると感じていた。町村と田代が親しい事を知っていた。田代が仙台に転勤していたことを知っていた。その辺りだが、田代の仙台転勤の事は我々には話さなかった。

これらのことから、咲が失踪に関わったと言えるのだろうか。

空木は今日、清美から咲との話を聞いた瞬間、咲に疑いを持った。それは、事実と情況だけで疑った訳ではなく、そこに仮説が加わったからだった。その仮説とは、咲が美夏の妊娠もその相手も知っていたとしたら、田代と町村の関係が北見から繋がっている事を知っていたら、そして「やまおか」のオーナーになる事を望んでいたら、という仮説だ。だとしたら、田代の弱みを利用して美夏を殺害させ、失踪に見せかけて自然な形で「やまおか」を受け継いでオーナーになろうと考えたのではないか。

咲は現場にいたのだろうか。ふとそう考えた時、空木は以前東京国分寺の平寿司で、笹

井から聞いた美夏の置手紙に残された指紋の一つが、美夏の物かも知れない女性の指紋だったと言っていた話を思い出した。その指紋が、もし咲の指紋だったら咲は現場にいた可能性が高い。つまり田代と共犯の可能性だ。

田代は咲に会いに来たのではないか。何の為に会いに来たのか、東京のバットの受け取りを息子に行かせて、急いで咲に会いに来る理由とは何か。田代は咲が母子手帳を持っていると思ったのではないだろうか、それを確かめる為に来たのではないか、と空木の推理は膨らんだ。

真実の果て

札幌中央署の取調室で笹井と高島は、田代寛と対面していた。

「先日あなたは、この置手紙を見たこともないと言われました。覚えていますね」

山岡美夏の残した置手紙のコピーを、田代の前に置いて笹井は厳しい口調で訊いた。

「………」

「黙っているところを見ると、覚えているということですね」

「………」

「この置手紙からは、三人の指紋が採取されました。一つは美夏さんの妹さんの指紋でした。もう一つも女性ですが、残りの一つが男性と思われる指紋で、それがあなたの指紋と符合しました。それでお尋ねしますが、あなたがこれを印刷して置いた時、美夏さんはどこにどうされていましたか」

笹井の質問に田代は暫く考えていた。

「……部屋に居たと思います」

「生きていたんですか。亡くなっていたのではありませんか」

「……」

「田代さん、あなたは美夏さんを殺害してから、この置手紙を置いたのではありませんか。そして失踪を装うために死体を羊蹄山の麓に運んで埋め、生存を思わせる手紙を仙台から、さらに東京から出し続けた。違いますか」

「殺してなんかいません。絶対に……」

「あなたは美夏さんを妊娠させて、その処理に困って殺害することにしたのではありませんか」

笹井は田代を追い詰めるかのように訊いた。

「何の証拠があってそんな事を言うのか分かりませんが、私には全く身に覚えの無い事です」

「あなたは昨夜、ラウンジ『やまおか』に行ったようですが、何のために行ったのか。美夏さんの母子手帳を探しに行ったのではありませんか」

「……」

田代は何故、昨夜「やまおか」へ行ったことが警察に知られているのか考えているかの

ように、目が宙を泳いだ。

　笹井は、さらに続けた。

「東京駅の遺失物センターのバットを、息子さんに取りに行かせてまでして北海道に来たのは、母子手帳が気になって探すためだったんですよね。東京の警察もあなたの取調べに手薬煉《てぐすね》を引いて待っているようです。美夏さんを殺害し、さらに町村さんを殺害した罪は極めて重大だ」

　田代はうな垂れ、机の一点を見つめた。

「……私は美夏さんの死体を運んで埋めるのを手伝っただけです。殺したのは町村さんです」

「死体遺棄は認めるが、殺害はしていないと言いたいのか。町村さんの指紋は出なかったぞ。お前が殺したんじゃないのか」

　笹井の言葉遣い、口調が変わった。

「殺してなんかいない。あの日の夕方、町村さんから電話が架かって来て、ママのマンションの部屋に行ったらママはもう死んでいたんだ。それで死体を運ぶのを頼まれて、羊蹄山の麓まで運んで二人で埋めたんだ。私は殺していない」

笹井は、厳しい眼つきで田代を睨んだまま、横に座る高島に「高島、課長に緊逮《きんたい》を報告しろ」と指示した。

「田代さん、あなたを死体遺棄の犯人として逮捕します」笹井が告げた。

「課長、田代は死体遺棄を認めた上で、美夏さんは町村が殺害したと供述していますが、どう思いますか」

「……係長はどう思う」笹井の問い掛けに、飯住は問い掛けで返した。

「町村に、美夏を殺害する動機があるとしたら、会社の金を横領していたことの口封じでしょうが、この件は、美夏も共犯ですから脅すとか、自ら公にするとは考え難いです。町村にも脅されていたような節もありません。もう一つ動機があるとしたら、町村が美夏の妊娠相手で美夏が邪魔になった可能性が挙げられますが、これは、町村と唯一この件を話している東京の探偵が、町村ではないと言っています。それと田代は町村から死体の遺棄を頼まれたと言っていますが、犯罪の片棒を簡単に引き受ける人間など普通はいません。何かの弱みを握られていない限り協力などしないと思います。町村の指紋が置手紙から検出されていれば別ですが、私は町村が殺害したとは思えません。田代は誰をかばっている

のか分かりませんが、犯人を知っている筈です」

「田代は町村に弱みを握られていたとは考えられないか」

「弱みがあるとしたら、美夏を妊娠させた相手が田代だと、その当時に町村が知っていたとしたら、弱みになる可能性がありますが、町村は転落死する直前まで美夏の妊娠は知らなかったようだと、例の探偵が言っています。一つ可能性があるのは、北見で二人の関係に何かがあって、それが田代の弱みになっていた可能性はあります。田代は町村が転落死した日に、町村本人に会っていた可能性があり、国分寺署の捜査本部は、田代を町村殺害の容疑者と考えていますから、捜査の結果次第では、町村に罪を負わせて口封じをしたという結論になるかも知れません」

「北見で何かがあったという話は、目下のところ雲を掴むような話だな」

「北見の方面本部が、例の探偵の空木さんからの情報を基に調査するのは、行方不明の女性が身元不明の白骨化死体なのかどうかについてですから、二人の関係とは全く別の話なので期待は出来ません」

「その辺りも明日からの田代の供述次第という事か」

笹井は、飯住との話を終えて席に戻ると、国分寺署の捜査本部に、田代を死体遺棄容疑

で逮捕した事、それに伴う拘留期間に入る事、さらに山岡美夏殺害は町村の犯行だと供述している事を伝えた。

八月九日月曜日、空木たち三人は平岸駅近くの咲のマンションに来ていた。

清美が昨日、咲に送信した「明日午前中に訪問します」というメールにも咲からの返信は来ていなかった。

深堀和哉が昨日同様に、エントランスで３０３号の部屋番号を押して、インターフォンの反応を待った。

空木は、清美からのメールを見ている筈の咲が、何の反応もして来ない事に疑問を感じていた。咲は昨日「札幌にいない」と清美に返信して来たにも拘わらず、今回は返信して来ない事に何か意味があるのではないかと考えていた。

深堀和哉は、もう一度３０３号を押してインターフォンの反応を待ったが、やはり反応は無かった。

和哉は「どうしますか」と言って、空木を見た。

「札幌に昨日からいないとしても、今日は店がある以上部屋には戻って来るでしょう。こ

の近くで待ちたいと思いますが、お二人は…」

和哉は清美にその事を伝えた。清美は頷いた。

「分かりました。僕たちも大丈夫です。待ちましょう」

三人は平岸駅方面へ歩き、ファミリーレストランへ入った。


田代寛の二日目の取調べは、前日同様、笹井と高島によって午前九時から始まった。

田代の供述はこうだった。二年前の九月初旬の日曜日の夕方四時半頃、町村康之から電話があり、大型の登山ザックを持って山岡美夏のマンションに来て欲しいと言われ、80リッターの大型ザックを持って部屋へ行った。部屋に入ると居間に山岡美夏が倒れていた。町村は殺してしまったから死体を棄てるのを手伝って欲しいと言った。それで死体をザックに入るように膝を折り曲げて詰め込み、車で羊蹄山麓に運んで、埋めた。夜の八時半を過ぎていたと思う。町村が山岡美夏を殺害した理由は、妊娠した事で金を請求された。払わないと家族にも会社にも全て話すと脅されたために、紐で首を絞めて殺したと言っていた、と供述した。

何故、死体遺棄を犯罪と知りながら協力したのかについては、田代は黙秘をし、札幌に

来た理由については「やまおか」に飲みに来ただけだと言い張った。

同じ日、国分寺署の捜査本部から田代寛の任意の聴取を託された石山田と河村たちが、札幌中央署に到着したのは午後一時少し前だった。

国分寺署と札幌中央署の両捜査本部が協議をし、田代寛を逮捕拘留した札幌中央署から、任意で東京へ来させることは現実的ではないと判断し、石山田たちが札幌に出向いて聴取をするという異例の方法を認めることで捜査協力することになった。

警視庁から聴取に来たことを告げられても、田代は表情を変えなかった。

「先週の月曜日に、町村康之さんの転落死に関してお聞きした話の確認と、このバットとバットケースについてお話を訊かせていただきたい」

石山田は、バットとバットケースを大きく写した写真を、田代の前に置いた。

「最初に、あなたは七月二十五日日曜日、前日からマイカーで安達太良《あだたら》山の麓の温泉に泊まり、日曜日は山に登ったと言いました。岳《だけ》温泉には確かに泊まりましたが、マイカーでの移動ではない上に、山には登っていなかった。その日あなたは山には登らず、新白河駅から上りの新幹線に乗車したのではありませんか。この写真に写っているのは田代さん、

あなたですね」

石山田の質問が終わると同時に河村が、一人の男が改札機を通過する前後を写した何枚かの写真を田代の前に出すと、田代は無言で写真に目を落とした。

「私は知りません。山に登りました」

「そうですか、知りませんか。この男は左利きのようです。あなたも左利きでしたね」

「……………」

石山田は、河村に次の写真を出すように目で合図をした。

「この黒くて細長いケースのような物を肩に掛けている男は、町村さんが小金井の商業施設で転落死した七月二十五日日曜日の午後二時前後に商業施設の防犯カメラに映っていました。この男は野球帽を被っていますが、新白河駅の改札口に映っていた男と服装が全く同じで、同一人物と特定されました。もう一度訊きます。これはあなたですね」

「……何故私がそんなところに…。山に登っていた私が…」田代は俯いた。

更に石山田は畳みかけるように、続けて訊いた。

「あなたの息子さんの晋《すすむ》さんが受け取りに行ったこのバットとバットケースは、商業施設のカメラに映っている男が肩に掛けている物と同一であることが分かっています。そして

このバットとバットケースは、あなたが七月二十五日日曜日の午後一時二十分頃、武蔵小金井駅近くのスポーツ用品店で購入した物ですよね」

「……それは友達から預かった物です。それを電車の中に忘れてしまったんです」

「友達の物かどうかは別にして、このバットとバットケースをあなたは持っていた。そしてこれを七月二十五日日曜日の午後二時過ぎの中央線の下り電車に忘れた、いや置いてきたんですね」

「………」

「今ここで、あなたと話しているところを写した動画を、スポーツ用品店で待機している捜査員に送信します。その店主は宮城訛りの男性が、これを買ったと証言しています。その店主にあなたの声と顔を見て貰えば、買ったのがあなたなのか違うのか直ぐに分かります」

「………」

石山田は、河村に送信を指示した。そして、東京で待つ捜査員からの返答を待つ間、空木から聞いていた北見での田代と町村の繋がりを訊いた。

「田代さん、あなたは町村さんとの付き合いは、札幌の『やまおか』というお店で知り合

ってからだと私たちには言っていましたが、本当は北見のある病院での付き合いからだそうですね」

「………」

田代は黙って石山田を睨むように見た。それは黙秘ではなく、何かを考えているようだった。

「あなたは私たちに幾つもの嘘を吐《つ》いているようですが、嘘で辻褄を合わせようとしても無駄です。真実にはそれ以上もそれ以下も無いんです。ただ一つなんです」

石山田の言葉の終わりに合わせるかのように、河村のスマホが東京の捜査員からの着信を知らせた。

「購入したのは田代寛に間違いないと、店主が証言しました」

電話を終えた河村が田代に目をやりながら、大声で石山田に伝えた。

「田代さん、もう嘘は止めにしましょう。あなたは買ったバットで町村さんを殴った。左利きのあなたは町村さんの左背部から脇腹の辺りを強打して、気絶するか怯《ひる》んだところを投げ落とした。そうですね」

石山田の問い詰めに田代は力なく頷くと、視線を宙に泳がせた。

石山田と河村は、田代寛の緊急逮捕の手続きと、捜査本部の浦島への報告を終えると、再度田代の取調べに戻った。

田代の供述はこうだった。七月二十二日木曜日の夕方、町村から突然電話があった。それは山岡美夏の事を調べているという探偵が来て、町村の金の横領と美夏を妊娠させたのは町村ではないかと疑って訪ねて来た。知らないと答えたが、妊娠させたのは田代、お前だろう、疑われるのは迷惑だから、探偵には全て話す。警察に話す訳ではないからいいだろう、と言って来た。黙っていても良いが、と言って、暗に金を要求された。町村を殺すしかないと思い、自殺に見せかけて殺害することを計画した。土地勘がある武蔵小金井駅付近が、町村の自宅にも近くて実行し易いと考え、七月二十五日日曜日の午後二時に商業施設で会って話したいという連絡をした。町村は疑った様子もなく承諾した。アリバイ作りのために一泊での登山を考え、安達太良山《あだたらやま》の麓の岳《だけ》温泉を選び予約した。町村への電話は全て公衆電話で連絡し、電話番号の履歴が残らないようにした。宿までの移動にはマイカーではなくレンタカーを利用した。犯行当日は、宿を朝九時過ぎにチェックアウトして、東北自動車道を使って新白河駅に向かった。午前十一時前の新幹線に乗り、武蔵小金井駅には午後一時十分頃着いた。以前から知っていたスポーツ用品店でバットとバットケース、

そして野球帽を買い、待ち合わせの駅の南口の商業施設に向かった。駐車場の7階を待ち合わせの場所にしたが、町村は約束の二時の五分前に入って来た。町村が車から降りて後ろを向いたところをバットで殴り、倒れたところを肩に担いでフェンス越しに落とした。落とした後、用意しておいた遺書を助手席に置いた。遺書は自分が書いた物だが、書いた「罪」は本当の事で、山岡美夏を殺したのは町村だと供述した。

取調べを終えた石山田は、河村と共に飯住と笹井に緊急逮捕に至った事の礼を言い、今後の田代の拘留取り扱いについて協議した。

「ご協力のお陰で緊急逮捕出来ました。これで我々の事件は解決に向かいそうですが、そちらの遺棄事件は殺人が加わって、少し時間が掛かるのではありませんか」石山田は二人を見て聞いた。

「田代が死体遺棄に関わった事は間違いないと思っていますが、町村が山岡美夏を殺害した犯人だと言う田代の供述を信用して良いのか疑問に思っています」

笹井は石山田に答えると、飯住に顔を向けた。飯住は頷いた。

「確かに田代の供述には、何か引っ掛かるところがあって、私も供述を百パーセント信用

出来ないと思っています」

「石山田さんの取調べでもそんな印象があるんですね」

「町村さん殺害の動機が、今一つ信用出来ない、しっくり来ないいんですが、それはそちらの事件が解決した後、東京でじっくり田代から訊くことにします」

笹井は石山田の話に頷いた。

「我々も、さっきもお話しした通り、町村が山岡美夏さんを殺害したと言う田代の供述に疑問を持っているんですが、石山田さんはどう思いますか。町村の犯行だと思いますか」

笹井が訊いた。

「私が口を出す事ではありませんが、殺害後二年経って死体が発見されて、探偵が調査に来た途端に田代に殺害された訳ですね。山岡美夏さん殺しの犯人が本当に町村さんなら、逆に田代の口を塞ごうとする筈で、二年間そんな素振りが無かったという事は、犯人とは考え難いように思います。探偵の調査訪問がきっかけになって、田代が動き始めた事から考えても、田代が嘘を言っているように思えます」

「なるほど、口封じという切り口で見ればそうなりますね。明日からの取調べではそこを徹底的に突っ込んで行くことにします」

そう言って笹井が眼鏡を掛け直した時、笹井のスマホにメールが入ったようだった。

「空木さんから連絡が欲しいと言うメールが入りましたよ」

画面を見ながら笹井は石山田に言うと、スマホを操作して耳に当てた。

そして席を外してから暫くして戻ると、「石山田さんが札幌に来ていると伝えたら驚いていましたよ」と一声掛けて、飯住に顔を向け「空木さんから相談です」と話した。

「永川咲のマンションに昨日から会いに行っているそうですが、咲が部屋に戻らず、店にも出ていないという事で、部屋を開けて入るのに協力して欲しいと言っているんですが、どうしますか」

「たった一日戻らないだけで、留守部屋に入る事は出来ないぞ。行方不明と言うなら別だが」

飯住が言うのも尤《もっと》もだと思いながら笹井は頷いた。

「ただ課長、空木さんが言うには、田代は土曜日の夜、永川咲の部屋に行ったのではないか、と言うんです」

「部屋に行った、何故分かる？」

「美夏さんの母子手帳の、存在の確認に行ったのではないかと。美夏さんの残したノート

の暗号が解けて、妊娠の相手が田代寛だと解かったと言っているんです」

「暗号？ 相手が田代？ 永川咲が母子手帳を持っている……」

「確実に持っているかどうかは、部屋に入らないと分からないと言っていますが、私は捜索する価値はあると思います」

「……」飯住は腕組みをした。

「今から令状を取って、今日中に終われるか」

「大丈夫です」笹井は腕時計を見た。この季節の札幌の日の入りは六時五十分頃の筈で、陽のあるうちに部屋には入る事が出来ると踏んだ。


平岸の永川咲のマンションに、笹井たち札幌中央署の捜査員と鑑識課員が到着したのは、午後六時半を回ったところで、間もなく藻岩山《もいわやま》の向こうに陽が沈もうとしている頃だった。

マンション管理会社の社員が部屋を開けると、白い手袋をした笹井を先頭に、捜査員と鑑識課員が続いた。暫くすると、玄関ドアの外で待機していた空木たちに、中に入るよう捜査員が促した。

南向きの2DKの部屋は、女性の部屋らしく白を基調にした家具で揃えられ、キッチン

も綺麗に片付けられていた。テレビとテーブルが置かれてリビングに使っている部屋には、小さな仏壇も置かれていた。

テーブルの上には白い封筒が置かれていた。封筒には、山岡清美様と書かれていた。

「封筒の中身はこれです。失礼とは思いましたが、先に拝見させていただきました。永川咲を緊急手配しました」

笹井は清美に、花柄の透かしの入った横書きの便箋数枚に書かれた手紙と、A4サイズの紙を渡した。

「空木さん、清美さんに手紙と一緒に渡したコピーは、美夏さんの母子手帳のコピーのようです。永川咲は空木さんの推測通り、母子手帳の存在を知っていたようです」

笹井が空木に説明しているその横で、清美は咲からの手紙を読み続け、和哉はその手紙を清美の後ろから覗き込んでいた。

読み終えた清美は、その手紙を静かに空木に手渡した。

その手紙は「清美さんへ」で始まっていた。

清美さんへ

この手紙を清美さんが読む時には、私はもう二度とあなたには会えない所にいると思います。そしてあなたに会う資格もありません。

私は二年前とても大きな罪を犯してしまいました。あなたのお姉さんを殺してしまったのです。

お詫びをして許される事ではありませんが、今の私に出来る事は、たった一人の身内であるあなたにお詫びをして、何故お姉さんを殺すという大罪を犯してしまったのか、その愚かな理由を明らかにしておくことしか出来ないと思っています。

私の父、四倉哲男は私が中学一年の頃、母の千加子と離婚し、あなた方のお母さんの美乃さんと再婚しました。そして当時住んでいた函館から、私と母の二人を棄てて出て行きました。母は、私を育て生きて行くために水商売の仕事に着きましたが、飲みなれないアルコールで体を壊し、そしてうつ病に罹り、今から十年前に自殺して亡くなりました。

私は、父も恨みましたが、それ以上に父を奪ったあなた方のお母さんを恨みました。あなた方のお母さんについては、死んだ母から旧姓名を山岡美乃と言い、父と帯広に住んでいると聞いていました。

私は母が亡くなってから、函館で働いていたクラブを辞めて札幌に移り、新しく開店す

るラウンジ「やまおか」のホステス募集を知り、勤める事になりました。そしてそこで私は、美夏ママが山岡美乃の娘であることを知りましたが、お姉さんは私が永川咲の名前を使っていたせいか、私が四倉の娘であることを知ることはありませんでした。私はあまりの偶然に驚きましたが、恨みをお姉さんで晴らそうとは思ってはいませんでした。

ところが、二年前の九月の初め、ママから相談があるから休みの日に部屋に来て欲しいと言われて、部屋を訪ねた九月八日の日曜日でした。午後四時にマンションに行くと、ママは私に「赤ちゃんができたから来年から暫くお店を頼みたい」と、母子手帳を見せながら言いました。私が驚いて相手を聞くと、ママは田代寛と答えました。その瞬間、私は頭が真っ白になり、憎しみと怒りが込み上げてきたのです。田代は私の担当の客で、肉体関係もあったからです。その時私は、田代を恨まずに田代を奪ったお姉さんに強い恨みを抱き、父を奪ったあなた方のお母さんと重ねたのです。私はキッチンにあったビニールの紐で、お姉さんの首を後ろから絞めていました。

我に返った時には、お姉さんは倒れて死んでいました。

動転した私は、田代に電話をかけ相談しました。田代は警察には通報しないで、ママが失踪した事にしようと言いました。そうすれば「やまおか」の店も自然な形で私の手に入

ると言いました。自分の店を持つ事がこの道に入ってからの夢だったことを知っていての田代の話でしたが、私はその話に乗ってしまいました。田代の本当の目的が私の体と、生涯お金を脅し取ろうと考えての話だった事は後で分かりました。そして、置手紙を用意してお姉さんを田代の車で羊蹄山の麓まで運んで埋めました。その時、清美さんが指摘したお店の鍵とセキュリティーカードをお姉さんのハンドバッグから抜き取りました。母子手帳も持ち帰ったので田代は母子手帳の存在を知りませんでした。お姉さんが失踪して生きているかのようにする手紙は、田代が考え、田代が仙台と東京から出し、店の従業員や清美さんに伝えるのが私の役目でした。田代はいざとなったら町村さんを犯人にしようと言っていました。私も町村さんに疑惑が向けられるように仕向けてしまいました。田代は町村さんに北見で何か弱みを握られていたのかも知れませんが、まさか殺すとまでは思いませんでした。

清美さんと初めて会った時、耳の不自由な妹への美夏ママの想いと、両親の居ない二人姉妹で生き抜いて来た事を強く感じて、改めて自分のした事の罪の重さと、後悔が込み上げてきました。

ママの死体が発見された時、いつかこういう時が来ることは覚悟していました。清美さ

んが、私が四倉咲であることに気付いてくれた時、決心が着くと同時にホッとしました。

清美さん、私の独りよがりな思い込みからあなたの大事なお姉さんの命を奪ってしまいました。本当にごめんなさい。

四倉咲

読み終えた空木は言葉が出なかった。もしやと思っていた咲が犯人だった事以上に、偶然と因縁の重なりが悲劇を生んだ事に驚愕《きょうがく》した。そしてその咲の過ちを利用していた田代が酷《ひど》く憎く思えた。その田代が北見で一体何をしたのか、暴くことが出来ないだろうかという思いも膨らんだ。

手紙を清美に返した空木は、和哉を見た。

「こんな因縁があったとは思ってもみませんでした。清美さんはショックでしょう」

「清美さんは、驚いてはいますが、しっかりしています。咲さんに会いたいと言っています」

和哉が清美を見ると、清美は小さな仏壇を指して「咲さんのお母さんか」と和哉に手話で訊いた。

「空木さん、この小さな仏壇は咲さんのお母さんでしょうか」

「恐らく咲さんのお母さんの位牌を収めたものでしょう」

空木の言葉を和哉が伝えると、清美は小さな仏壇に手を合わせた。

「空木さん、清美さんから聞いていたんですが、咲さんは美夏さんの口座にお店の収益を振り込んでくれていたそうです。どういうつもりだったんでしょう。カモフラージュだったのか、それとも免罪符のつもりだったのでしょうか……」

手を合わせる清美を見つめながら、和哉が小声で言った。

「咲さんがどんな思いでそうしていたのか分かりませんが、罪から逃避したい思いと贖罪の思いが交錯していたのではないでしょうか。私は贖罪の思いの方が強かったと思いたいですが……」

咲は、周囲に町村の金銭横領を疑わせ、町村と美夏との関係を深いものと思わせることで、容疑の目を自分と田代から外そうとしたが、聾者である清美を知って、その罪の深さに苦しみ葛藤していたのではないだろうか、と空木は想像した。

三人の様子に目をやっていた笹井が空木に訊いた。

「空木さん、永川咲、いや四倉咲の行き先に心当たりはありませんか。手紙からすると自

首するとも逃げるとも読めますし、自殺することも考えられなくも無いと思うので、心当たりがあれば教えていただけませんか」

笹井の問いに空木が和哉を見ると、和哉が手話で「咲さんはどこにいると思う？」と清美に聞いた。

「帯広かもしれない」清美は手話で表現した。

「離婚した父親が居る帯広ではないかと……」空木は清美の手話を笹井に伝えた。

「離婚した四倉咲の父親ですか」笹井は確認するかのように繰り返すと、スマホを手にして捜査本部に連絡した。

「ところで空木さん、この母子手帳のコピーらしきものに書かれた父親欄の数字はなんでしょう。例のノートの暗号のようですが……」

笹井はA4サイズの紙を空木に見せた。そこには、母親欄には山岡美夏と書かれ、その下の父親欄には、「4339＊5669＊533」と意味不明な数字と記号の組み合わせが書かれていた。

空木はスマホを手にして文字入力画面を確認した。笹井の言った例のノートの暗号と同じ解き方であれば「HEW＊JNW＊JE」というアルファベットになる。手帳に書いた

そのアルファベットの連なりは、全く意味が分からないものだった。

空木は父親が田代であるなら、その数字は田代寛を表している筈だと考え、ひらがなの文字入力画面で考え解いてみた。まず4は「た行」の「た」、33は「さ行」を二度押した「し」、そして9は「ら行」で＊は乗算を表し、五度押すという意味だと推測した「ろ」、これで「たしろ」が解けた。そして66は「ひ」、9＊5は「ろ」、33は「し」となって「たしろひろし」が現れた。


鑑識課の指紋採取作業が終わり、笹井たち捜査員と空木たち三人が咲のマンションを出たのは、午後八時を過ぎていた。

空木は、清美と和哉にエントランスを出たところで別れを告げた。

「和哉さん、清美さんに今日で私の役目は終わりました。これでお別れです、と伝えて下さい」

和哉は清美に伝えた。すると清美は手話で何かを和哉に伝えると、空木に向かって手話で「ありがとうございます」と表しながら、深々と頭を下げた。

「空木さん、僕たちは明日帯広に住んでいるお母さんのところに二人で行くことにしまし

た。空木さんのお陰で、清美さんも気持ちの区切りが付けられそうだ、と言っています。本当にありがとうございました」和哉も深々と頭を下げた。

「清美さんの心の安らぎに繋がったのなら、私は凄く嬉しいです。これからはお姉さんの想いに応えるためにも、和哉さんと二人で力を合わせてお姉さんの分まで幸せになってください」

空木は清美の筆談用のノートを借り、書いて清美に渡した。ノートを見た清美は、堰が切れたかのように大粒の涙を零《こぼ》し、和哉の胸に顔を埋めて声にならない声を上げて泣いた。

二人と別れた空木は、田代の取調べに札幌に来ている石山田と、薄野《すすきの》の南6条西2丁目にある「すし万」で待ち合わせた。

「札幌の寿司屋で巌ちゃんと飲めるとは思わなかった。札幌へは一人で来たのかい」

「河村と一緒だけど、あいつは調書の確認と出張報告書を書くんでホテルに帰ったよ」

二人はビールグラスを手に乾杯した。

「町村さんの事件も、田代の犯行だったと笹井さんから聞いたけど、動機は分かったのか」

「それなんだ。田代は、美夏さんを妊娠させた件で町村から強請《ゆす》られて殺したと言ってい

るんだけど、俺には信用できないんだ。確かにスキャンダルを暴露されるのも困るし、それをきっかけにして美夏さん殺しの疑いを持たれるのも不味いとは思うが、何かスッキリしないんだ」

石山田はお通しの酢の物を摘まみビールグラスを空けた。

空木は、ついさっき終わった四倉咲のマンションの捜索の話をした。

「田代は、咲を脅していたという事か。性悪としか言いようがないやつだな。その田代が何かで町村が邪魔になって殺した。その原因が北見にあると、健ちゃんは踏んでいるということか」

「……咲は加害者だけど、被害者でもある。田代が許せない」

二人は、奮発して注文した大振りなシャコと蝦夷アワビに舌鼓を打ち、焼酎の水割りを飲んだ。


八月十日火曜日、石山田と河村が早朝の便で東京へ帰った午前中、札幌中央署では昨夜の四倉咲のマンションの捜索を受けて、改めて田代寛の取調べが笹井たちによって行われた。

勾留三日目となった陽に焼けた田代の顔色は、くすんだ土色に変わってきているように笹井には見えた。

咲のマンションから田代の指紋が採取されたこと、咲の指紋が美夏の置手紙とされる物から検出された物と一致したことを突き付けられると、田代は、咲が部屋に残した清美宛ての手紙の内容を認めた。

町村を美夏殺しの犯人だと虚偽の供述をしたのは、咲の手紙の通り町村に罪を被せて、咲を脅していたことを隠し続けたかったからだと供述した。

田代は、五年前に購入した仙台市八乙女の六十坪の土地に建つ家のローンと、東京の大学へ通い生活する息子のため、そして自分の遊び金欲しさに脅し取る事を思いついたと供述し、町村殺害も金を強請られて金を出すぐらいなら殺そうと思った、と供述した。

田代の取調べが一息ついた昼近くに、北見方面本部の捜査課から連絡が入った。それは六月初旬に斜里岳の麓で発見された白骨化死体の身元が判明したという連絡だった。

その身元はスナック「火炎」の店主である藤野富子、行方不明当時45歳の女性で、遠軽町生田原《えんがるちょういくたはら》の実家に残されていた藤野富子の、へその緒からのDNA鑑定で一致したと

報告された。

さらに北見方面本部捜査課からの依頼として、今回の情報提供に協力してくれた人物から、今回の情報を知るに至った経緯を聞きたいということだった。

そして、その日の午後、今度は釧路方面本部帯広警察署から四倉咲の緊急逮捕の一報が札幌中央署の捜査本部に入った。

その一報によれば、咲は帯広駅近くの交番に出頭し、自ら事情を説明し、自首してきたとのことだった。

「笹井係長の推測通り帯広に行っていたんだな」飯住が呟くように言うと、「自殺してなくて良かったです」と笹井は返した。

空木は新千歳空港で飛行機の出発時間を待つ間に、笹井から北見の身元不明死体が藤野富子というスナック「火炎」の店主だったという連絡と、北見方面本部捜査課から連絡が入るという電話を受けた。

定刻より十五分ほど遅れて羽田空港に着いた飛行機から降りて、スマホの機内モードを

解除した途端にスマホが震えたのに空木は驚いた。また笹井だった。

今度は、帯広で四倉咲が自首してきたという連絡だった。笹井は空木に事件解決への協力に礼を言ってくれたが、空木の気持ちは何故か晴れ晴れとはしなかった。それは東京の三十五度を超える猛暑のせいではなかったが、北海道から東京に戻って来た空木にとってこの茹《う》だる暑さは、気持ちを一層重くさせていた。

空木が国分寺の自宅兼事務所に戻って暫くすると、またスマホが鳴った。発信者番号非通知だったが、空木は北見の警察からだろうとスマホを耳に当てた。

予想通り、北海道警察北見方面本部捜査課からの電話は、スナック「火炎」の店主が白骨化死体であろうと推測した理由を空木に訊いた。

空木はまず北見に行った理由を、転落死した町村康之の北見での行動の調査のために行ったと説明した。その上で、スナック「火炎」のママと町村が深い関係にあったことが分かった事、その町村が北網記念病院の医療機器納入に絡んで田代寛という男との関係が始まった事、その医療機器納入では病院の直見という医師との癒着も噂になっていた事、そして「火炎」のママが突然失踪した時期が、白骨化死体の死亡推定時期の範囲内にあった事。さらに医療機器納入の際スナック「火炎」も何らかの形で利用されていた可能性があ

ったことから、白骨化死体がスナック「火炎」のママであれば事件の可能性もあるのではないかと疑い、調査を期待して情報提供したが、結果として、それが町村の行動の解明に繋がると考えたと説明した。

さらに空木は、今日時点の捜査で田代が、町村殺害の犯人である事と、札幌の死体遺棄事件に関わったことが判明していることも伝えた。

帯広警察署から札幌中央署に移された四倉咲は、取り調べでも、部屋に残した清美宛ての手紙の内容と同じ事を供述した。

田代が町村を美夏殺害の犯人に仕立てようとした理由も、北見で何かの弱みを握られていたように感じたとしか言わなかったが、その事については、田代と一緒に良く店に来ていた北網記念病院の直見という先生が知っているのではないか、咲もその先生から北見での関係上、田代は町村に頭が上がらない、というような話を聞いてそれを感じたと供述した。

田代は北見方面本部捜査課の事情聴取も受ける事になった。

山岡美夏の死体遺棄事件、町村康之殺害に次いで藤野富子の白骨化死体についての聴取だと知らされた田代は、連日の拘留聴取にさらに顔色は悪くなったように見えた。そして力なく肩を落とし、北見での出来事全てを話した。

三年前から北網記念病院のMRIの納入のための活動を始めた田代は、院内の機器選定委員会の委員長である放射線科部長兼副院長の直見義政医師に近付くため、スナック「火炎」で知り合った東菱製薬の町村にその仲介を依頼した。東菱製薬は造影剤の納入で放射線科にはパイプを持っていたからだった。

そして翌年六月の機種決定までに、MRI製造会社であるC社の販売会社の大日医療器材へのリベートシステムを流用して、直見医師に五百万円、町村に百万円を渡し、そして田代自身は四百万円を横領着服した。金の受け渡しの場所にはスナック「火炎」を使った。「火炎」で何が起こったのか自分には分からないが、田代が町村に呼び出されて店に行った時には、ママの藤野富子は死んでいた。死体は、田代と町村で二時間以上かけて斜里岳の麓に運び埋めた。北見に戻った時には、夜が明けていた。町村の話では、直見が酔って富子に乱暴しようとしたが、富子に罵《ののし》られた上に、賄賂をもらったことを言いふらすと言われたことで、怒って逆上し富子の首を絞めたら死んだ。町村は止めたが自分も突き飛ばさ

れたと言っていたが、真実はどうなのか分からない。その後、店には閉店の張り紙をして、直見医師とは何事もなかったかのように付き合っていた。

田代が転勤してからは直見からは何の連絡も無かったが、今年の六月中旬になって突然一千万円で町村を殺して欲しいと連絡が来た。理由を聞くと、あいつがいるとお前も私も破滅する、としか言わなかったが、今から思えば、その時期は藤野富子の白骨化死体が発見された時期で、町村から何かの連絡があったのかも知れない。しかし、その場では田代は殺し屋になるつもりはないと、全く取り合わなかった。しかし一か月後の七月二十二日に町村からの電話で脅された瞬間、殺すことを決心したと、供述した。直見医師にも町村を殺すことを連絡し、町村が死んだら一千万円振り込んで欲しいというと、五百万円に値切られた。田代は、町村は自分が殺してしまったが、藤野富子も死体を運んだだけだと何回も繰り返した。

田代寛は藤野富子死体遺棄容疑で三回目の緊急逮捕となった。

八月のお盆も過ぎた頃、「スカイツリー万《よろず》相談探偵事務所」のパソコンに二通のメールが届いた。

一通は万永《まんえい》製薬の後輩で北見の北網《ほくもう》記念病院を担当しているＭＲの上木《うえき》からだった。

そのメールには、北網記念病院の放射線科部長兼副院長の直見医師が殺人容疑で逮捕され、病院を退職した事。加えて二年前のＭＲＩ納入に絡んでの収賄の疑いでも警察の捜査が始まった事が書かれていた。

病院は大混乱だが、病院の膿を出す機会だと思っている、という田中秀己医師の思いも書かれ、ついては、田中医師から空木に謝礼を払いたいので口座を教えて欲しいと締めくくられていた。

さらに、上木の追伸には、これで北網記念病院の次期院長は田中先生で決まりです、と書かれていた。

そしてもう一通は、上木のメールの三日後に届いた山岡清美からのメールだった。

空木健介様
姉の件では、大変お世話になりありがとうございました。
一昨日、姉の納骨に和哉さんと帯広の母の三人で、江差町の山岡家の墓に行って来ました。

生前は母を恨んでいた姉ですが、墓前で涙を流して詫びる母を見て、きっと許してくれているると思います。

私は空木さんの言われた通り、和哉さんと一緒にこれからの人生を精一杯生きて、姉の分まで生きる喜びを感じたいと思っています。聾者《ろうしゃ》で生まれたことを歯がゆく、時には悔しく思った時もありましたが、和哉さんと出会い、空木さんの力添えのお陰で、聾者の自分に一番大事な事が何なのか分かり、そして大事な人を知る事が出来ました。

以前にもお話ししましたが、姉が私を受取人にして保険に入ってくれていました。和哉さんと相談して、その一部をこれまでの調査費用と御礼として空木さんにお支払いすることにしました。姉もきっと空木さんに感謝していることと思います。空木さんのことですから受け取る訳にはいかないと思っていることでしょうが、もう既にスカイツリー万相談探偵事務所の口座に振り込ませていただきました。それでも困ったと思っているのでしたら、そのお金で今年の十一月の私たちの結婚式に参加してください。空木さんはご存知だと思いますが、北海道の結婚式は会費制です。是非参加してください。

和哉さんと二人でお会いする日を楽しみにしています。

ありがとうございました。

空木は清美からのメールを読んだその夜、数日前に札幌から移送した田代の聴取が終わり、事件がほぼ解決したという石山田と平寿司で飲んだ。

八月吉日
山岡清美

店員の坂井良子の笑顔に迎えられ、空木の心は和んだ。

二人は「お疲れ」と小さく声を上げ、ビールの入ったグラスを合わせた。

「田代寛の銀行口座に直見義政から五百万円振り込まれていたよ」

「直見？五百万？」

「北見の病院の医者だよ。田代はその直見と言う医者から町村の殺害を依頼されたと供述したけど、それを裏付ける金ということになる。全ての元凶は北見から始まっていたという健ちゃんの推理は当たっていたな。直見と言う医者は北見でも殺人容疑で逮捕されているそうだけど、こっちも殺人教唆で聴取することになる」

「毒のある欲が全ての元凶だよ。俺たち人間の欲っていう奴は、一旦欲して手に入れると止まる事を知らないみたいだ。世の中にとって役に立つ欲なら何の問題もないけど、自分

の事しか考えていない欲は厄介だな。他人を傷つけたり、挙句の果てには命を奪ったりする」

「俺たち警察はその欲から出た悪を取り締まるのが役目だけど、仕事はなくなりそうにもないな」

二人は鉄火巻きと烏賊刺しを食べ、ビールを空けた。


空木は、一連の事件の中で、山岡美夏と四倉咲の数奇な運命と偶然がもたらした事件には、人間の欲や感情では説明できない何かが存在しているように思えてならなかった。

世の中には、人間の毒の欲から生じた悪行に傷つけられても、人間の力では抗《あらが》えない出来事に遭っても、運命に翻弄されても、一生懸命生きて行こうとする人間がいる。空木はそういう人間になりたい、「能《よ》く生きる」人間になりたいと思う。そしてそういう人たちを少しでも助け、支えられる人間になりたいと思いながら、残暑の残る夜の坂道を上った。上った国分寺崖線の上で吹く風は生温く、心地よい風とは言えなかったが、空木はいつかこの風が心地良く思える日が来ると言い聞かせた。

了

声なき追跡者
―ハマナスの標《しるべ》―

二〇二三年七月二十日　初版第一刷発行

著　者　聖　岳郎
発行者　谷村勇輔
発行所　ブイツーソリューション
〒四六六・〇八四八
名古屋市昭和区長戸町四・四〇
電　話　〇五二・七九九・七三九一
ＦＡＸ　〇五二・七九九・七九八四
発売元　星雲社（共同出版社・流通責任出版社）
〒一一二・〇〇〇五
東京都文京区水道一・三・三〇
電　話　〇三・三八六八・三二七五
ＦＡＸ　〇三・三八六八・六五八八
印刷所　藤原印刷

ISBN978-4-434-32240-2